신조선전기 12권

초판1쇄 펴냄 | 2019년 05월 31일

지은이 | 다물
발행인 | 성열관

펴낸곳 | 어울림 출판사
출판등록 / 2009년 1월 23일 제 2015-000062호
주소 / 경기도 고양시 일산동구 무궁화로 43-55, 801호 (장항동, 성우사카르타워)
TEL / 031-919-0122
FAX / 031-919-0127
E-mail / 5ullim@hanmail.net

Copyright ⓒ2019 다물
값 8,000원

ISBN 978-89-992-5675-2 (04810)
ISBN 978-89-992-4794-1 (SET)

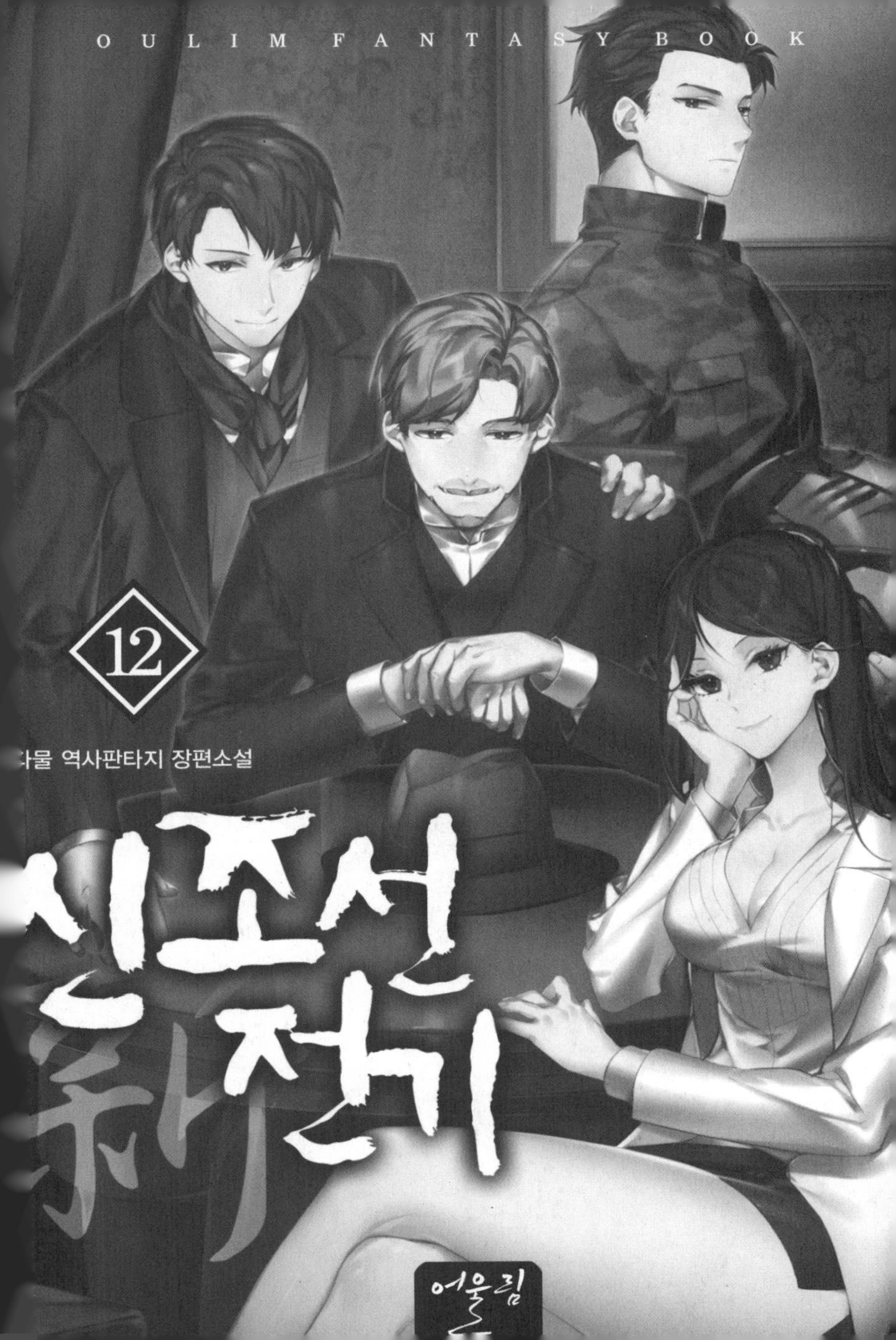
O U L I M F A N T A S Y B O O K
12
역사판타지 장편소설
어울림

신조선책기

목차

필독

본 소설은 허구입니다. 실제적 역사나 사실과 다를 수 있습니다.

신조선 종기

영상의 시대

"어머니, 동무들이랑 집에서 만화영화를 봐도 될까요?"

"그렇게 하려무나. 대신 보고 나면 해가 지니까 동무들에게 집에 가야 한다고 말해야 한다. 알았지?"

"네! 어머니!"

"저녁밥을 짓는 중이니 집에서 같이 먹자고 말하거라."

"그렇게 얘기할게요. 감사합니다. 어머니~"

학교를 마치고 밖에서 놀던 아이가 동무들과 함께 집에 돌아와 어머니에게 만화영화를 봐도 되냐고 물었다.

자식을 사랑하는 어머니는 자식과 동무들을 위해서 관대히 그렇게 하라고 말했다.

집에서 아이들이 노는 동안 어머니는 부엌에서 집에서 일하는 하인과 함께 밥을 지었다.

그리고 아이들에게 밥상을 차려주고 함께 저녁을 먹었다.

저녁 식사가 끝나자 시간에 맞춰서 만화영화가 시작되었다.

조선에 영출기가 보급되었고 방송국이 개국했다.

아이들은 저녁 6시 전후로 무조건 영출기 앞에 앉았다.

집에 영출기가 없는 아이들은 동무 집에 놀러가서 함께 만화영화를 시청했다.

미기와 친구들을 집에서도 볼 수 있었다.

[오, 진돌. 그렇게 하는 게 아니라니까.]
[월! 월!]

물건을 잘못 가지고 온 진돌을 보면서 미기가 난감해 했고 그 모습을 보고 아이들이 한바탕 크게 웃었다.

나중에는 민희가 나타나서 진돌에게 이야기해서 제대로 된 물건을 가지고 오게 했다.

만화영화가 끝나자 아이들이 헤어졌다.

"잘 있어~!"

"잘 가~!"

"오늘 만화영화 보여줘서 고마웠어! 내일 봐!"

"그래, 내일 봐~!"

학교에서 배운 대로, 그리고 집에서 배운 대로 아이들이 서로에게 인사했다.

동무들을 보낸 아이는 더 이상 영출기를 보지 않고 자신의 방으로 들어가서 열심히 공부하고 또 책을 읽었다.

그 사이 직장에서 아이의 아버지가 돌아왔다.

책을 읽던 아이가 마당까지 나와서 인사했고 아버지는 자식에게 별일 없었는지 물었다.

그러자 아이는 동무들과 집에서 만화영화를 봤다고 말했다.

아버지는 만화영화 따위나 본다고 아이를 혼내지 않았다.

"그래. 동무들이 좋아하더냐?"

"예. 아버지."

"동무들 중에 영출기가 집에 있는 아이들이 있더냐?"

"있긴 합니다만 적습니다. 그래서 집에서 같이 봤습니다. 아버지."

"그래. 잘했다. 앞으로도 계속 동무들과 함께 우애를 다지거라."

"예! 아버지!"

"들어가서 쉬거라."

"예!"

동무들과 잘 지내는 것만큼 어릴 때 해야 되는 미덕이 없었다.

아들이 인사하고 자신의 방에 들어갔고 아비는 안방으로 들어가서 옷을 갈아입고 편히 쉬었다.

그리고 자신의 부인과 함께 영출기를 켜서 저녁 9시에 시작하는 새 소식을 시청하기 시작했다.

거기서 나라 내외에서 무슨 일이 일어나는지를 봤다.

새 소식 진행자가 시청자들에게 조선 밖의 일을 전하고 있었다.

[요즘 우리나라에서 영출기와 라디오라 불리는 전파기의 보급률이 높아지고 있지요. 그런데 서양에서도 우리와 마찬가지로 두 전자기기의 보급이 높아지고 있습니다. 방송국이 개국하고 우리 영출기와 전파기를 수입하면서 국민들에게 보급하고 있습니다. 불란서에서 들어온 소식입니다.]

프랑스에서 일어나는 소식을 전했다.

조선에서 영출기를 통한 방송이 무르익을 무렵, 프랑스에서도 방송국이 개국하고 영출기 판매가 이뤄지기 시작했다.

시간이 지날수록 영출기 보급률이 높아졌다.

영국과 스페인도 마찬가지였고 이탈리아도 방송국을 개국하고 영출기 판매에 나섰다.

영출기는 유럽에 진출한 조선의 백화점에서 판매됐다.

파리의 명물이 된 한 백화점이 있었다.

그 백화점은 영화관과 초대형 서점과 조선의 찜질방이 함께 있는, 평일과 휴일을 가리지 않고 언제나 사람이 넘쳐나는 백화점이었다.

그곳에서 조선의 전자기기가 팔리고 있었다.

프랑스의 한 부호가 남강이라 쓰여 있는 전자 매장 앞에서 질문했다.

그가 관심을 두고 있는 것은 영출기였다.

"이것이 고려의 영출기요?"

"예. 색상 있는 화면이 영상으로 나오는 영출기입니다."

"크기별로 진열되어 있군."

"방에 놓는 영출기, 거실에 놓는 영출기 등으로 나뉘어 있습니다. 그리고 소리가 나오는 스피커 크기도 달라서 음질에서 차이가 있습니다. 크기가 클수록 좋은 점들이 있습니다."

"방과 거실에 둘 다 놓겠소. 이것과 이것을 사겠소."

"알겠습니다. 그런데 배달에 다소 시간이 걸립니다."

"얼마나?"

"못해도 두달은 기다리셔야 됩니다."

"꽤 길군."

"주문이 밀려 있어서 어쩔 수가 없습니다. 고려에서도 영출기 생산량을 높이기 위해서 추가로 공장을 짓고 있다고 합니다. 공장이 지어지면 보다 빠르게 배달해 드릴 수 있습니다."

"어쩔 수 없지… 그러면 그렇게 알고 있을 테니 배달해 주시오. 주소를 어디에다 쓰면 되겠소?"

"여기에 쓰시면 됩니다. 고객님."

"주소를 남겼으니 파손 없이, 안전하게 배달해 주시오."

"네. 특별히 더욱 신경 써서 보내드리겠습니다. 감사합니다."

영출기를 구매한 부호가 인상을 썼다.

하루 빨리 집에 영출기를 놓고 사람들을 초대하고 싶었다. 그러나 그의 마음대로 되지 않았다.

조선을 비롯해 전 세계에서 영출기 수요가 높아지고 있었고, 결국 부호는 두달이 지나서야 배달된 영출기를 집에 들일 수 있었다.

프랑스 우정국 직원들이 낑낑 대면서 거실에 영출기를 놓고 침실에도 한 대를 설치했다.

집에 온 아이들이 영출기를 보고 기뻐했다.

그러나 바로 볼 수는 없었고, 다음 날 방송국 직원들을 불러서 안테나를 설치했다.

영출기를 통해 방송을 볼 수 있는 것은 그때부터였다.

그날 밤 아이들이 영출기를 보면서 환하게 웃었다.

"아빠, 꼭 영화관에 와 있는 것 같아요!"

"그렇지?"

"이제 이걸로 고려 영화와 만화영화를 볼 수 있는 거예요?"

"글쎄. 그걸 볼 수 있을지는 모르겠다. 하지만 방송국에서 고려 영화나 만화영화만큼은 아니지만 재미난 것을 보여주지 않느냐. 예를 들면 우리 가수들이 노래를 부르는 것을 말이다. 봐라. 저 무대 위에서 노래를 부르는 사람 말이다. 정말 잘 부르지 않니? 이제 영출기로 보다 넓은 세상 속에서 사는 거다."

"예! 아버지!"

레코드판을 통해서만 들을 수 있었던 목소리가 영출기에서 울려 퍼지고 있었다.

사진과 목소리로만 알던 가수가 방송국에서 마련한 무대 위에서 노래를 부르고 있었고 그를 프랑스 전역에서 영출기 앞에 앉은 사람들이 지켜보고 있었다.

마이크 앞에서 손가락을 튕기며 흥겨워하는 가수를 봤다.

그것으로 마치 무대공연장 앞에 와 있는 것처럼 느낌을 받았다.

프랑스의 부유한 가정에서 영출기를 통한 방송 시청이 이뤄지고 있었다.

그 사실이 조선에 알려지게 됐다.

총리부에서 장성호가 김인석을 만나서 알려줬다.

"유럽에서 영출기가 보급되고 있습니다. 부자들을 중심

으로 비싼 가격에 구매하고 있습니다. 영국과 프랑스를 중심으로 방송국이 개국된 상황입니다."

"방송국의 장비도 우리 쪽에서 생산하는 것이었지."

"남강전자와 금성전자에서 생산하고 있습니다. 새로 창업된 전자기기 제작 회사들도 유럽에 방송 장비를 납품하고 있습니다. 중국과 일본을 상대로도 말입니다. 수요가 너무 많아서 감당이 되지 않을 지경입니다. 부르는 게 값입니다."

이야기를 듣고 김인석이 미소를 지었다.

"폐하께서 기뻐하시겠군."

"백성들도 매우 기뻐하고 있습니다. 심지어 3교대로 24시간 공장을 돌리고 있는데 누구도 불만 하나 제기하지 않았다 합니다. 야간 수당이 많고 무엇보다 상여금이 곱절로 받을 수 있어서, 호황기에는 제대로 장사해야 된다는 사장들의 이야기에 직원들이 설득됐습니다. 때문에 열심히 일하고 있습니다. 그 돈으로 결국 우리 경제를 선순환 시킬 겁니다."

힘이 들지만 그만큼 대가가 있었기에 최선을 다하고 있었다.

그런 백성들의 이야기에 김인석은 마음속으로 대한민국과 비교할 수밖에 없었다.

모두가 그런 것은 아니었지만 강성노동조합이 있었다.

그들은 일은 더 적게 하면서 임금은 더 많이 받으려 하는 자들이었다.

　누구나 그것을 원하는 것이 인지상정이지만 도가 지나치거나 막무가내로 자신들의 요구를 들어주지 않으면 파업을 벌이면서 회사의 경영을 위태롭게 만들었다.

　결국 한 자동차 회사가 철수하고, 어떤 자동차 회사는 아예 망해서 국가 경제를 무너뜨리는 수준으로 만들기까지 했다.

　그런 노조가 조선에 없기를 소망했다.

　"기업에서 적절히 대우해주고 임원이 성과급을 적당히 가져가면 굳이 노조가 생겨날 일도 없겠지."

　"기본적으로는 그렇습니다만 선동하는 자들은 반드시 생겨납니다."

　"그들에 대해서는 나라가 적절히 제재해야겠지. 자네도 알고 있겠지만 노조가 선한 방향으로 역할을 발휘하는 때는 그다지 없어. 노동자가 삶을 제대로 일굴 수 없을 정도로 노예처럼 일하고 핍박받지 않는 한은 말이야. 하지만 그런 경우가 정상적인 나라에서 수시로 벌어지는 일이던가? 내가 볼 땐 아니라고 생각하네. 나라가 정상적일 때 노조는 경제에 피해를 끼칠 확률이 매우 높아. 근속 15년이면 노동자의 자식이 마음대로 취직할 수 있는 말도 안 되는 것도 요구하니까 말이야. 이야기를 하다가 이런 것까지 이야기하게 되는군."

　"저도 공감하는 이야기입니다. 그리고 그렇게 되어선 절

대 안 된다고 생각합니다. 공산주의의 씨앗이 뿌려지지 않
도록 땅을 잘 관리해야 한다고 생각합니다."

"수시로 기업인들을 만나서 이야기해야 할 것이네."

"예. 총리대신."

모든 것을 깨부수는 씨앗이 조선에서 싹이 트지 않도록
언제나 경계했다.

그리고 그것을 막을 수 있는 원대한 계획이 새로 준비되
었다.

만국에서 방송국 개국이 이뤄지고 영출기가 수출되는 것
은 김인석과 장성호가 그린 큰 그림이었다.

거기에 천군이 더해지고 조선이 더해져 있었다.

김인석이 장성호에게 물었다.

"이제 우리의 음악을 수출할 것인가?"

장성호가 고개를 가로저었다.

"아직은 아닙니다. 하지만 곧 이뤄질 것이라고 봅니다.
우선 조선의 음악부터 뒤집어야 합니다. 성훈이 새로 육성
한 남자 가수들을 공개할 겁니다."

* * *

양성훈이라는 인물이 있었다.

그는 대한민국에서 연예기획사에서 연습생으로 있다가
환웅함의 갑판병으로 복무하던 도중에 함께 과거로 온 인

물이었다.

이 시대에서는 월드컵 주제가를 작사 작곡한 사람으로 세상에 알려진 인물이었다.

그가 조선에서 연예기획사를 차렸다.

그리고 2년 동안 그가 선택한 소년들을 가수로 키워냈다.

그날은 그가 키운 아이들이 처음으로 촬영기 앞에 서는 날이었다.

소년티를 막 벗어낸 어린 청년 4명이 가슴을 졸이면서 방송국 뒤편에서 대기하고 있었다.

그들의 어깨를 양성훈이 두드려줬다.

"떨려?"

"예… 사장님."

"나도 너희들 입장이 되었으면 그랬을 것 같아. 하지만 한가지를 기억해. 너희들은 이미 최고야. 너희들을 누구도 이길 수 없다는 것을 내가 믿고 있으니까, 이런 나를 믿고 무대 위에 올라가서 다 죽여 버려. 너희는 시험을 치는 것이 아니라 즐기러 가는 거야. 알겠지?"

"예. 사장님."

"가볼 테니까. 즐겨. 알았지?"

"예."

성훈이 자신이 길러낸 아이들을 격려하고 음악방송실에서 나와 방청석 뒤편으로 향했다.

그가 떠나자 청년들이 손을 모았다.

"사장님 이야기 들었지?"

"그래."

"열심히 하지 마. 열심히 하면 망해. 대충해. 대신 확실하게 즐겨. 알았지?"

"오!"

저음으로 기합을 넣으면서 첫 무대를 준비했고 앞서 올라가 있는 다른 가수의 무대를 지켜봤다.

그 가수의 노래는 영출기 방송을 통해서 조선 전역에 전해지고 있었다.

금요일 저녁을 조금 넘긴 시각이었다.

영출기 앞에 모여 앉은 소녀들이 가수의 노래를 들으면서 서로 이야기를 하고 있었다.

소녀들은 노래를 부르는 가수를 보면서 흠뻑 빠져 있었다.

"저 머리 좀 봐. 바짝 세워 올린 게 미끈해 보이잖아."

"배도 조금 나온 게 듬직해 보여. 그래서인지 노래를 잘 부르나 봐."

"허…허리! 허리 흔든다!"

"우와!"

흥겨운 가수가 손가락을 튕기면서 허리를 좌우로 흔들었다.

그 모습에 중학교 정도나 다닐 것 같은 소녀들이 쓰러졌

22

고 가슴을 졸이면서 노래의 마지막까지 감상했다.

노래가 끝나자 소녀들이 한숨을 쉬었다.

"끝났어……."

"받아주지 않아도 기다린다니… 웃으면서 부른 노래지만 가사가 정말 애절해."

"어째서 3주 동안 1등을 했는지 알 것 같아……."

유행하는 노래였다. 그리고 사랑노래였다.

어떤 슬픈 가사가 나오더라도 웃으면서 불러야 하는 노래였다.

노래의 느낌이 중후했다.

3주 동안 1등을 했던 가수가 내려가자 방송 진행자가 순서를 알렸다.

[김원춘씨 감사했습니다. 이번에도 왠지 1등 할 것 같은 예감이 드네요. 이번에는 신인 가수입니다. 신인 가수인데 1명이 아니라 무려 4명! 4명의 가수가 함께 나와서 진실이라는 노래를 부릅니다. 뭔가 제목에 많은 뜻이 담겨 있을 것 같네요. 신인 가수 태양입니다.]

신인 가수의 호명을 듣고 소녀들이 의아했다.

"태양? 하늘에 떠 있는 해를 말하는 건가? 사람 이름이 태양이라 지어질 수 있어?"

"지어질 수야 있지. 그런데 흔한 이름은 아니야. 그리고

4명이라서 단체명이 태양인 거 아닐까? 내 생각엔 한명 한명마다 이름이 있을 것 같아."

"뭔가 여리여리하게 보이는 것 같은데……."

태양이라는 이름으로 4명의 신인 가수가 무대 위로 올라왔다.

그들을 보는 사람들의 생각은 처음에 그리 호의적이지 않았다.

기존의 가수들보다 몸이 얇았고 곱상한 외모를 지니고 있었다.

사람들이 자신들을 보고 있다는 생각에 네 청년의 감회가 새로웠다.

지난날의 기억이 떠올랐다.

'몸놀림이 좋군. 혹시, 노래는 조금 하는가?'

'길거리에서 노래를 부르면서 사람들에게 즐거움을 주는 것도 좋지만, 조선 전체에 이름을 날려볼 생각은 없는가?'

'자네에겐 정말 소질이 있네. 세계 최고의 가수가 될 수 있는 소질이 말이야. 그냥 노래를 잘 부르는 것이 아니라 세계의 수많은 사람들이 자네의 이름을 연호할 것이네.'

'자네 어머니에 대한 치료비는 걱정 말게. 내가 전부 부담해 줄 테니까. 대신 훈련을 빈틈없이 받도록 하게. 그것이 나와 자네 어머니, 그리고 조선을 위한 길일세.'

각자가 성훈이 했던 이야기를 기억했다.

그중 두명은 성훈으로부터 크게 도움을 받아 어머니의 수술비를 마련했던 일이 있었다.

어떻게든지 그것을 보답하려고 했다.

보답하는 길은 오직 무대 위에서만이 할 수 있었다.

제주도에서 온 조명 장비들이 개량되어 무대에 설치되어 있었고 불이 번쩍이면서 네 청년이 자세를 잡았다.

그리고 노래를 부르기 시작했다.

[널 마음에 두지 않은 듯했지, 하지만 그것은 거짓말이었어. 사실은······.]

두 남자가 있었다. 두 남자는 매우 친한 사이였고 그 사이에 한 여인이 있었다.

여인은 한 남자에게 연정을 품고 있었다.

다른 남자는 여인을 응원하면서 자신의 친우와 맺어질 수 있도록 응원했다. 그러나 진심은 그게 아니었다.

그 여자를 사랑하고 있으면서도 말할 수 없는 사실에 슬퍼하고 애태우는 내용의 가사가 노래로 흘러나왔다.

그 노래는 기존 가수들의 노래와 확연하게 달랐다.

구렁이 담 넘어가는 창법과 다르게 끊어지기도, 어떤 때는 격정적으로 불러지기도, 또 어떤 때는 절절하게 힘없이 불리기도 했다.

굳이 성량을 처음부터 폭발시킬 이유가 없었다.

마이크와 스피커가 보조하고 있었기에 최대한 가사에 감정을 녹이면서 표정을 변화시켰다.

무엇보다 네 사람에게는 춤이 있었다.

그것이 결정적인 차이였다.

소녀들이 영출기 앞에 빠진 가운데 뒤를 지나던 소녀의 어머니가 말했다.

"노래가 뭐 저래? 저걸 지금 노래라고 부르는 거야? 그런데 뭐 저리 소란을 떨어?"

어머니의 말이 들리지 않았다.

여자아이들은 그저 영출기에 빠져서 시선을 고정시킨 채 미동조차 하지 않았다.

어머니가 안방으로 향하고 태양이라는 네 청년의 노래가 끝났다.

진행자가 목소리를 떨면서 노래방송을 진행했다.

[대, 대단하죠? 정말 신인 가수답게 신선한 무대였습니다. 제가 여태 수많은 무대를 봤지만 이런 무대는 처음이었습니다. 태양에게 수고했다는 말을 전하며 다음 가수의 무대 준비하겠습니다. 원중헌의 이기적인 선택입니다.]

노래를 마치고 네 청년이 무대 뒤로 향했다.

그제야 소녀들이 정신을 차렸다.

"방금 뭐였어……?"

"지금 우리가 뭘 본 거지……?"

"엄청… 대단한 것을 본 것 같은데…….'

눈을 비비고 계속해서 영출기를 봤다.

영출기 안에 태양은 더 이상 없었고 원중헌이라는 가수가 마이크 앞에 정적으로 서서 노래를 부르고 있었다.

소녀들은 말로 표현할 수 없는 차이를 느꼈다.

무대 뒤로 나온 네 청년이 한숨을 쉬었다.

그들 중에서 천민석이라는 이름의 청년이 나머지 세 청년을 이끌었다.

그는 주작이라는 예명을 쓰면서 네명 중 나이가 가장 많았다.

그 혼자 만 19살이었고 나머지 세명은 18살이었다.

민석이 동생들의 어깨를 두드렸다.

"수고했어. 정말 수고했어. 우리가 무대 위에서 노래를 부르다니 아직도 믿어지지가 않아."

이호라는 동생이 민석에게 말했다.

"사람들이 우리들을 좋아해 줄까? 형?"

무대에서 내려와서 괜한 걱정이 들었다.

그 말에 뒤에서 인기척이 일면서 걱정하지 않아도 된다는 말이 들려왔다.

그는 성훈이었다.

"걱정하지 않아도 된다."

"사장님?"

"너희들의 무대를 잘 봤어. 제대로 즐기던데? 실수도 거의 없었고 연습했던 대로 잘 나왔어. 아마 익숙해지면 갈수록 더 좋은 모습을 보일 거야."

"정말입니까?"

"그래. 그러니 걱정하지 마."

"와!"

성훈의 격려에 네 사람이 환하게 웃었다. 그리고 성훈이 흐뭇해하면서 미소 지었다.

"대기석으로 가 있자."

"네! 사장님!"

다른 가수들의 무대가 끝날 때까지 기다렸다.

그리고 30분 정도 지났을 때 음악 방송의 막바지 시간에 이르렀다.

진행자의 진행으로 노래 순위가 발표 되었다.

"이번 주 1위 곡입니다! 원중헌의 이기적인 선택! 축하드립니다!"

폭죽이 터졌고 새로운 1위 곡이 등장했다.

전 주 1위였던 김원춘이 박수를 치면서 동료 가수의 1위를 축하했고 원중헌이라는 중년의 가수는 눈물을 흘리면서 마이크를 잡고 소감을 말하기 시작했다.

방송국 사장에게 감사의 뜻을 전하고 자신에게 상놈이라 말하지 않고 응원해준 부모님에 대해서도 감사의 뜻을 전했다.

그 모습을 네 사람이 부러운 시선으로 쳐다봤다.

태양은 31위라는 낮은 순위에서 시작했다.

그리고 낙담해서 자신들은 1위를 할 수 없을 것이라고 생각했다.

그런 네 사람을 성훈이 한번 더 격려했다.

"1위 할 거라니까. 두고 봐. 내일부터 세상이 바뀌어 있을 거야."

그 말이 실제로 될지 알 수 없었다.

다음 날 여자 중학교와 고등학교에서 소란이 일어났다.

모인 소녀들이 신인 가수에 대한 이야기를 했다.

집에 영출기가 없는 아이들은 라디오를 통해서 노래를 감상한 터였다.

가수의 얼굴이 매우 궁금했다.

"잘생겼다니까."

"진짜?"

"그래! 기생오라비처럼 생기긴 했는데 분명히 잘생겼어! 그리고 춤을 정말로 잘 춰! 눈으로 보지 않고선 정말 모른다니까! 영출기로 꼭 봐야 해!"

여자아이들이 흥분하면서 신인 가수에 대한 이야기를 쏟아냈다.

무엇보다 나이가 비슷한 오라비들이었다. 그래서 더욱 관심이 갈 수밖에 없었다.

며칠 뒤 태양에 대한 새로운 소식이 여자아이들의 입을 통해서 전해졌다.

"얘들아! 큰일 났어! 큰일!"

"뭔데?"

"학교 앞 문구점에서 태양 신곡 악보가 나왔어!"

"뭐?! 진짜?!

"지금 애들이 가서 사고 난리야! 빨리 악보를 사야 해!"

신곡이 공개되고 며칠 뒤면 학교 앞 문구점에서 악보를 싸게 구입할 수 있었다.

거기에 음표와 가사가 쓰여 있었기에 새 노래가 어떤 노래인지 정확히 알 수 있었다.

이미 문구점 앞에는 100명이 넘는 여자아이들이 몰려 있었다.

"밀지 마! 좀!"

"악보 주세요! 꺄악!"

아이들이 비명을 질렀고 태양의 노래 '진실'은 순식간에 팔렸다.

다른 가수들의 악보가 남아 있었지만 이미 소녀들의 마음은 한곳에 쏠려 있는지라 1위를 차지한 원중헌의 악보에 대해서는 눈길도 주지 않았다.

그리고 악보를 가지고 학교에 가서 쉬는 시간에 함께 노래를 불러보고 집에 와서도 노래를 불렀다.

태양이 음악 방송에 나간 지 두번째 주였다.

그때 영출기가 없는 집에는 여자 중학생들이 없었다.

태양을 보기 위해서 친구들에게 애원해서 다 함께 음악 방송을 시청했다.

그리고 아이들이 호들갑을 떨었다.

"나왔다! 나왔어!"

"봐! 잘생겼지! 기생오라비 같아도 정말 잘생겼다니까!"

"와, 정말로 노래를 부르면서 춤을 추네?"

"춤을 춘다는 게 진짜였어······."

그것은 춤이라기보다 군무였다.

절도 있는 동작으로 사람들에게 대단하다는 인식을 줬고 또 멋있게 보였다.

때문에 외모가 여리게 보여도 오히려 강한 인상을 주면서 소녀들의 마음을 태풍처럼 휩쓸었다.

그 주에 태양은 2위를 했고 소녀들은 장탄식을 터트리면서 1위를 줘야 했다고 아우성을 쳤다.

그리고 다음 주에 원성을 들었는지 방송국에서 1위를 허락했다.

태양의 맏형인 민석이 눈이 빨개진 채로 상패를 들었다. 그리고 꽃다발을 들고 울먹였다.

[정말··· 1위를 할 줄은 몰랐어요··· 2주 전에 30위 밖에 있을 때 오직 저흴 훈련시켜 주신 양 사장님만 1위를 할 거라고 용기를 주셨거든요··· 양 사장님··· 정말 감사합니

다… 그리고 저희를 이 자리에 있게 해주신 저희 부모님
들… 방송국 직원 분들… 사장님… 정말 감사합니다… 그
리고 저희가 가수의 꿈을 키울 수 있도록 나라를 만들어주
신 폐하의 황은에 감사드립니다…….]

소감을 들으면서 영출기 앞의 소녀들이 울었다.

"우리 오빠들이 울고 있어…….”

"1위야… 세상에… 이게 무슨 일이야…….”

"엉엉엉~”

울고 있는 딸과 친구들을 뒤에서 보는 어머니가 기막혀
했다.

혀를 차면서 어이없다는 식으로 쳐다보다가 영출기를 보
면서 태양이라 불리는 아이들이 뭔가 대단한 일을 이룰 것
이라는 예감을 느꼈다.

다른 가수들에게 없는 무언가가 네 사람에게 있었다.

그리고 부모님에게 감사하다고 말하는 아이들이 나쁘게
보일 일도 없었다.

다음 날 신문에서 태양이 음악 방송에서 1위를 한 소식
이 기사로 실렸고 9시 새 소식 방송에서도 다뤄졌다.

조선의 모든 백성이 네 사람이 누군지 알게 됐다.

그리고 이후로도 한달 넘게 진실이라는 곡이 1위를 차지
했다.

조선에서 첫 공연이 이뤄졌다.

월드컵이 열렸던 한성축구단 구장에서 태양의 첫 공연이 열리고 한양과 그 주변의 수많은 여자아이들이 한성 구장으로 향했다. 그리고 함께 떼창했다.

"널 마음에 두지 않은 듯했지~ 하지만 그것은 거짓말이었어~ 사실은 널 많이 사랑해서~ 사랑해서~"

춤을 추며 노래를 부르는 태양과 함께 노래를 부르는 여자아이들의 모습이 촬영기 안에 담겼다.

네명의 청년이 조선의 역사를 만들어가고 있었다.

그리고 새로운 미래를 창조하고 있었다.

그 모습을 성훈이 흐뭇하게 쳐다보고 있었다.

뒤에서 목소리가 들렸다.

"성공했군. 이 정도면 적어도 조선에서는 자리를 잡았어. 그렇지 않나?"

장성호였다. 그의 물음에 성훈은 말없이 미소를 지었다.

묵언의 긍정을 보내면서 장성호 또한 따라 미소를 지었다.

곁에서 이상재가 눈을 동그랗게 뜨고 태양의 공연을 지켜보고 있었다.

칠순이 넘는 노 대신에게 장성호가 감상을 물었다.

"어떻습니까? 문체부대신?"

이상재가 가감 없이 자신이 느끼고 있는 것을 알려줬다.

"대단합니다. 이만 한 관중을 모으는 것도, 저렇게 노래를 부르면서 춤을 추는 것도 말입니다. 중간 중간에 마치

합을 맞추는 듯한 춤은 꼭 군대 제식과도 같아서 절도 있는 모습입니다. 저런 가수가 조선에서 나왔다는 게 정말 자랑스럽습니다."

"철없이 보이지는 않습니까?"

"그럴 리가요. 그저 새로운 것이라서 익숙하지 않을 뿐이지요. 익숙해지면 절대 철없는 것처럼 보이지 않을 겁니다. 저는 정말로 대단하게 보입니다."

본래 역사에서 저고리 차림으로 미국의 야구 모자를 쓰고 야구공을 던질 사람이었다.

그가 70세에 남겼던 한 사진을 장성호가 기억하고 있었다.

스스로를 청년이라 말하는 이상재의 말을 듣고 고개를 끄덕이면서 다시 미소를 지었다.

그리고 앞으로의 계획을 그에게 알렸다.

"조선에서 최고가 되었으니 이제 세계를 노릴 겁니다."

그 말에 이상재가 슬쩍 쳐다보고 다시 태양을 보면서 말했다.

"영화와 만화영화처럼 수출하게 됩니까?"

"노래도 상품입니다. 그러니 얼마든지 수출할 수 있습니다. 지금 관중석을 메우고 있는 아이들이 세상의 아이들, 아녀자와 부녀자들, 남자들이 될 수 있습니다. 그리고 우리는 조선말을 알릴 겁니다."

"조선 말⋯⋯."

34

"영어처럼 말입니다. 노래라는 날개를 달고 우리말이 비상할 겁니다."

장성호의 이야기에 이상재의 가슴이 심히 요동쳤다.

불과 10년 전만 하더라도 만국의 공용어는 영어였다.

그 또한 나랏일을 위해서 영어를 배워야만 했다.

그러나 이제는 조선말이었다.

그 시작을 알린 것이 영화와 만화영화였다.

조선의 제품이 세상에 알려지면서 무시할 수 없게 만들었고 무대에서 즐기는 네명의 청년을 보면서 영어가 가진 만국 공용어의 지위를 조선말이 가지고 올 것 같았다.

그것은 문화에 있어서 최종적이 승리였다.

총성 없는 전쟁을 치르며 얻을 수 있는 최고의 대승이었다.

그것을 자신의 눈으로 볼 수 있다는 생각이 들었다.

"양 사장."

"부르셨습니까?"

"저 아이들에게 더 큰 물이 있음을 알려줍시다. 그 물에서 뛰어 놀게 합시다."

"예! 문체부대신!"

칠순 넘는 나이에 열정이 피어올랐다.

그 열정은 네 청년을 세계적인 가수로 만드는 것이었다.

양성훈과 함께 그들의 놀이터를 만들기 시작했다.

*　*　*

　황립조선방송사에 태양의 공연 장면이 자기선으로 기록되어 있었다.

　그 자기선이 우선적으로 중국과 일본에 보내졌다.

　먼저 태양을 아시아 가수의 황제로 만들려고 했다.

　자기선으로 영상을 확인한 두 나라 방송사는 반드시 중국과 일본에 태양이 와야 된다고 판다고 판단하고 그들에 대한 소식을 사람들에게 알리기 시작했다.

　그로써 그전부터 극소수의 중국인과 일본인들만 알고 있던 태양이 두 나라 국민들에게 알려지고 초나라와 유구국에도 알려지게 됐다.

　동경에서 야구장으로 쓰이는 경기장에서 태양이 노래를 부르고 춤을 췄다.

　조선말을 배운 여자아이들이 함성을 질렀다.

　"태양! 태양! 태양!"

　"주작! 현무! 백호! 청룡!"

　"오빠들 사랑해~!"

　학교 과목으로 배운 조선말 실력을 최대한 발휘했다.

　소녀들의 함성은 조금씩 동서를 향해서 뻗어나갔다.

　미국과 유럽으로 소식이 전해지고 태양의 공연 영상을 서양 방송국에서 확보하게 됐다.

　뉴욕에 설립된 한 방송국 회의실에서 사장과 임원이 진

지한 표정으로 영출기의 영상을 보고 있었다.

영상 안에서 태양이라 불리는 남자 그룹 가수가 노래를 부르고 춤을 추고 있었다.

그들을 보며 관중석의 소녀들이 열광하며 소리를 질렀다.

그 소녀들은 조선인이 아닌 중국인이었다.

동양에서 태양이 위세를 드높이고 있었다.

"봤듯이 고려의 가수가 동양을 흔들고 있소. 그들은 우리가 여태 본 적 없었던 가수요. 격렬하게 춤을 추면서 노래를 부르는데 이에 대해서 어찌 생각하시오?"

사장의 물음에 임원들이 생각을 정리했다.

그중 한 사람이 사장에게 말했다.

"동양 소녀들이 어째서 저렇게 하는 것인지 알 것 같습니다."

"이유가 뭐라고 생각하오?"

"그냥 제가 봐도 멋있습니다. 특히 절도 있어 보이는 춤이 말입니다. 무엇보다 20세 전후로 보이는 가수들이라 그 점이 소녀들의 마음을 건드린 것 같습니다. 우리가 알고 있는 가수들은 소녀들이 쉽게 접할 수 있는 남자들이 아닌 콧수염을 한 아저씨들입니다. 그런 이유도 있을 것 같습니다."

태양을 분석해서 서로 의견을 나누고 논의했다.

그런 논의를 나누는 데에 있어서 목표가 있었다. 바로 방송국의 수익이었다.

"만약, 고려의 태양이 우리 방송국에 와서 출연해 준다면 막대한 수신료와 광고료를 안겨 줄 것 같은데 어떻게 하오?"

사장의 물음에 다른 임원이 대답했다.

"그렇게 될 것이라고 생각합니다. 하지만 그 전에 우리 국민들이 태양에 대해서 알아야 합니다."

"미리 뉴스를 통해서 보여주는 것에 대해서는 어떻게 생각하오?"

"그런 방법도 있고 연예 보도국에서 수시로 언급하고 노출시키는 것도 방법입니다. 갑자기 우리 국민들에게 선보여서 놀라게 하는 것보다 앞서서 알려서 기대감을 안기는 것이 좋다 생각합니다."

직후 다른 임원이 걱정 한가지를 드러냈다.

"미국인이라면 모르겠지만 고려의 가수입니다. 영어도 아닌 고려말로 노래를 부를 텐데 우리 국민들이 좋아하겠습니까?"

다른 임원이 그의 걱정이 쓸데없는 것이라고 말했다.

"모르는 소릴. 이미 국내에 고려에서 온 이민자들이 기업 경영자를 맡고 최고의 기업으로 키워냈소. 필립제이슨만 보더라도 알 수 있고 US인더스트리에는 수많은 고려인 출신 경영자와 임원들이 있소. 그리고 대한해운사의 사장도 고려인이오. 그들에 대한 호감이 높은 상태에서 몇 년 동안 고려 영화와 만화영화가 우리나라의 문화에 파고들었소. 심지어 고려인처럼 되고 싶다는 아이들도 있는데 무엇이 걱정이오?"

"으음."

"그리고 고려말을 쓴다고 해도 상관없는 게 이미 우리 학교 과목으로 고려말은 필수 외국어가 되었소. 그들이 고려말로 노래를 해도 아무 문제없을 거요."

또 다른 임원들도 불필요한 걱정이라고 말했다.

"아무 문제없소."

"바람만 조금 잡아준다면, 태양은 미국에서 대성을 거두고 그들을 출연시킨 우리 방송국이 수혜를 입을 거요."

"지금이야말로 적기요."

회의의 결론이 난 것 같았다.

정리해서 사장이 임원들에게 말했다.

"태양이 속한 회사나 매니저에게 연락해서 우리 방송국과 음악 방송에 출연해달라고 요청하겠소. 출연이 불발해도 손해 볼 것은 없고, 혹시나 고려와 동양에서만큼 크게 성공을 거둔다면 막대한 시청료와 광고료를 거둬들이게 될 거요. 먼저 뉴스를 통해서 시청자들에게 태양이 누구인지 알리고 바람을 잡겠소."

"예. 사장님."

조선의 그룹 가수인 태양을 그들의 방송국에 출연시키기로 결정을 내렸다.

그것을 위해서 만반의 준비를 하고 미국에 태양이 어떤 가수인지 알리고자 했다.

뉴월드타임스의 자회사로 설립된 뉴월드 채널 방송국에서의 결정이었다.

그 방송국의 최종 대주주는 조선 황제였지만 이희가 경영에 관여하지 않는 만큼 안의 사장과 임직원들은 오직 미국의 국익과 방송국의 수익을 위해서 일하고 있었다.

사람들이 궁금해 하는 뉴스에 미국의 국영 방송국이 집중한다면 뉴월드 채널은 부수적으로 뉴스를 다루고 주로 오락이나 음악, 영화, 스포츠 방송에 초점을 맞춰서 방송하고 있었다.

때문에 사람들은 뉴월드 채널을 보면서 즐거워할 수밖에 없었다.

수시로 볼 수밖에 없었다.

저녁에는 조선에서 만들어진 만화영화가 미국 성우를 통해서 더빙되어 방영되고, 만화영화 방영이 끝나면 미국인들이 좋아하는 야구 방송과 함께 음악 방송이 방영되면서 하루의 마무리를 즐겁게 마쳤다.

뉴월드 채널을 신청하고 집에 영출기를 들인 한 부유한 가정에서였다.

학교를 마친 백인 소녀들이 집에 들어와서 친구의 어머니에게 인사했다.

소녀들은 친구의 방에 들어가서 축음기를 돌리고 노래를

들으면서 잡지를 펼쳤다.

잡지 안에 미국 여자 배우들의 복장 사진이 담겨 있었다.

배우들의 복장을 보면서 소녀들이 이야기했다.

"이 옷이 오버핏 코트지?"

"맞아."

"굉장히 세련되게 보여. 고려에서 어떻게 이런 옷을 만들었을까?"

"오버핏 코트뿐만이 아냐. 다른 옷도 정말로 멋지고 예쁜 옷들이야. 여길 봐. 오즈의 마법사에서 여자주인공이었던 메리가 고려 옷을 입었어. 정말 예쁜 것 같아."

"화장도 고려인처럼 해서 아주 예뻐."

오즈의 마법사에 출연했던 소녀 배우가 어느새 만 18세가 되면서 성인이 되었다.

비록 조선의 영화가 개봉되면서 사람들의 관심이 단번에 조선의 영화로 향하게 됐지만 오즈의 마법사는 분명 미국 영화사에 한 획을 그은 영화였다.

영화에 출연했던 배우들도 지속적인 경력을 쌓아가고 있었다.

일부 배우들이 제주도로 향해 조선 영화에 참여하는 것을 희망했다.

어린 메리도 마찬가지였기에 제주도에서 조연으로 출연하면서 꿈을 이뤄가고 있었다.

그리고 간간이 미국에서 의류 광고를 찍기도 했다.

유명 여배우가 조선옷을 입고 홍보하자 미국인들의 의류 문화도 그쪽으로 맞춰질 수밖에 없었다.

소녀들이 집에 있던 옷으로 맞춰서 입어보고 거울 앞에 섰다.

"이렇게 입으면 예쁠까?"

"그래! 정말 예뻐 보여."

"그런데 뭔가 아쉬워. 혹시 화장을 하지 않아서 그런 게 아닐까? 하는 김에 아예 화장까지 해서 보자."

"그래."

방에 경대가 있었고 위에 놓인 화장품으로 잡지에 실린 메리처럼 얼굴에 화장하기 시작했다.

눈 양 끝에 검은 칠을 해서 눈꼬리가 뻗어나가게끔 만들었다.

그러자 동양인 특유의 긴 눈매로 모양이 잡혔고 머리를 올려서 마치 조선인처럼 보이려고 거울 앞에서 외모를 바꿔봤다.

그러다가 탄식이 터져 나왔다.

"아. 정말."

"왜?"

"쌍꺼풀이 문제야. 고려인들은 쌍꺼풀이 없잖아. 우린 쌍꺼풀이 있어서 아무리 노력해도 소용이 없어. 이 쌍꺼풀 좀 없앴으면 좋겠어."

없는 것을 만들 순 있어도 있는 것을 없앨 수는 없었다.

한숨을 쉬면서 올렸던 머리를 다시 내렸다.

아무리 모양을 내더라도 호박에 줄그어서 수박 만들기라는 것을 알았다.

옆에서 친구가 장난으로 말하자 너무한 거 아니냐면서 웃으면서 팔을 찰싹찰싹 때렸다.

그렇게 조선의 것을 선망했다.

"우리에게는 명품인데 고려에 가면 일상복이겠지?"

"그렇겠지?"

"정말로 고려에 가보고 싶어. 내년 여름에 아빠 엄마에게 고려에 놀러가자고 말해야겠어. 여객기를 타면 며칠 안에 갈 수 있을 거야."

"나도 엄마 아빠에게 말해서 조선에 가볼 거야."

"우리 같이 갈까?"

"그럴까?"

"헷~"

조선의 수도인 한성과 영화의 섬인 제주도에 가는 바람을 가졌다.

시간이 지날수록 소녀들의 마음은 조선에 빠져들고 있었다.

그렇게 방에서 놀다가 저녁 시간이 되어서 친구들이 집으로 돌아갔다.

해가 지고 어두운 밤이 되었을 때 온 가족이 모여서 저녁 식사를 하고 영출기 시청을 했다.

뉴월드 채널의 9시 뉴스가 방영됐다.

미국 내 소식을 아나운서가 시청자들에게 전하고 외국 소식을 전할 때 조선에서 있었던 소식을 함께 전했다.

그중에 조선의 가수에 대한 소식이 있었다.

[계속해서 고려에서 들어온 소식입니다. 요즘 고려에서 4명의 그룹 가수가 인기를 끌고 있다죠. 바로 태양이라 불리는 그룹 가수인데, 태양은 우리말로 하늘에 떠 있는 해를 말합니다. 이 4명의 청년 그룹 가수가 고려 전역을 흔들고……]

뉴스를 보면서 이야기가 오갔다.

"관중이 엄청 많아 보여요."

"축구경기장을 공연장으로 썼다고 하잖아. 못해도 만명은 넘을 텐데 당연히 많겠지."

"그런데 뭔가… 여자애들이 많은 것 같아요. 다 같이 노래를 따라 부르고 있는데요?"

"내가 봐도 그러네. 대체 어떤 가수이기에……."

영출기에서 경기장을 채운 관중의 모습이 먼저 나왔다.

함께 뉴스를 보고 있는 아버지와 큰 딸인 소녀 사이에서 이야기가 오갔다.

그리고 어머니는 어린 딸과 막내아들을 옆에 끼고 조용히 뉴스를 시청하고 있었다.

잠시 후 열정적으로 공연을 벌이는 태양의 모습이 나타났다.

아버지와 함께 앉아 있던 소녀의 눈동자가 휘둥그레졌다.

조용히 보고 있던 어머니가 탄성을 터트렸다.

"어머? 쟤네들 춤을 추잖아! 저거 춤추는 거 맞죠? 여보?"

"그런 것 같은데… 심지어 춤을 추면서 노래를 부르고 있어…! 설마 저게 고려 가수인가……?"

"……!"

시선이 고정된 채 쉽게 떨어지지 않았다.

T자 형으로 만들어진 무대 중앙을 네 명의 청년이 걷자 팬으로 보이는 관객이 더욱 열광했다.

기자의 목소리가 계속해서 영출기에서 울려 퍼졌다.

[이렇듯 고려의 신인 가수는 등장한지 몇 달 만에 고려 전체를 점령했습니다. 완벽한 노래와 춤으로 소녀들의 마음을 움켜쥐고 조만간 미국에도 방문할 것이라는 이야기가 솔솔 나오고 있습니다. 월터 허드슨 기자였습니다.]

[다음 소식입니다. 이번에 프랑스에서 남강백화점 파리 지점이…….]

"…….."

다음 뉴스의 내용이 들리지 않았다.

그만큼 눈으로 보고 귀로 들은 것의 충격이 대단했다.

영출기에서 비춰졌던 화면이 머릿속에서 잔상으로 남았다.

"아까 전에 뭐였어요? 뭔가… 굉장한 걸 본 것 같은데……."

소녀의 물음에 부모는 아무 말도 할 수 있었다.

한참을 생각하다가 그저 고려의 가수라는 사실만 알려줬다.

그것 외에 제대로 설명해줄 수 있는 것이 없었다.

아무리 과장된 수식어로 설명을 해도 조선의 가수가 보여준 것을 말해 줄 수 없었다.

소녀의 이성이 완전히 날아갔다.

미국의 많은 여자아이들도 비슷한 반응을 보이고 있었다.

다음 날 학교에 가서 친구들과 함께 태양에 대해서 이야기했다.

미국 가수들과 비교할 수 없는 놀라운 공연에 대해서 이야기했고 정말로 미국에 올지에 대해서 이야기 했다.

소녀들이 태양이 미국에 오기를 간절히 소망했다.

"제발 우리나라에 좀 왔으면……."

"정말 뉴스를 봤다가 그렇게 놀란 적이 없어. 고려에 그런 가수가 있었다니 정말 놀랄 일이야……."

"우리 가수들은 전부 아저씨들밖에 없는데……."

"네명 다 동양인이지만 정말 멋지고 괜찮게 보였어. 그렇게 매력적인 동양인은 처음 봐."

"하아아… 정말……."

간절하다 못해 아예 녹아내리고 있었다.

소녀들은 태양이 미국을 방문해주기를 간절히 소망했다.

그리고 그런 반응이 뉴월드 방송국에 전해졌다.

계속해서 태양에 대한 소식을 노출시켰고 시간이 지날수록 그들을 아는 미국인들도 늘어갔다.

결국 다른 채널의 뉴스에서도 조선 가수와 음악에 관한 소식을 다루게 됐다.

신문사도 가만히 있을 수 없었다.

[고려의 남자 그룹 가수, 태양! 가요계의 새로운 시대를 열다!]

[전 세계에 독보적이며 유일한 댄스 가수!]

[미국 방문을 예고?! 정말로 태양은 미국 하늘에서 뜨는가?!]

신문을 읽는 중절모를 쓴 아저씨들도 관심을 보였다.

"춤추면서 노래를 하는 고려 가수라니……."

"저번에 뉴스로 공연하는 것을 봤는데 대단하던데?"

"여태 살면서 그런 가수를 본 적이 없었어."

형식이 없는 노래를 불렀던 것으로 기억했다.

그러나 그것이 단점으로 보이지 않을 정도로 열정과 자유로움이 있었고 절도가 있었다.

미국에 온 적도 없는데 이미 유명 인사가 되어 있었다.

사람들은 그들이 미국을 방문해주기를 소망하고 언제 방문하는지에 대해서 관심을 보이기 시작했다.

그리고 분위기가 무르익었을 때 조선의 네 청년이 미국 땅을 밟았다.

여객기로부터 내린 네 청년이 감탄했다.

"와! 여기가 미리견인가?"

"저기 건물 좀 봐. 한양보다 높은 건물이 더 많은 것 같아."

"미리견도 만만치 않은 강대국이로군!"

조선이 최고라고 생각했다. 하지만 뉴욕의 마천루는 미국이 정말 크고 강한 나라라는 인상을 주기에 충분했다.

그리고 이국적인 분위기가 있었기에 처음으로 외국 땅을 밟은 네 사람의 심장이 뛸 수밖에 없었다.

그들과 함께 태평양을 도해한 인물이 있었다.

비행기에서 내리며 멀리 보이는 뉴욕 전경을 바라봤다.

그는 양성훈이었다.

"여기가 20세기의 뉴욕인가……."

역사책으로만 봐왔던 풍경이 눈앞에 펼쳐져 있었다.

조선이야 항상 보던 풍경에 이미 역사를 뛰어넘을 정도로 많이 변해 있어서 신기하게 여겨지기보단 익숙한 느낌이 더 많았다.

그러나 미국은 전혀 달랐다. 정해진 시간을 따라 천천히 변하고 있었고 늘 보던 것이 아닌 처음 구경하고 그 땅 위를 밟는 것이기에 무척 신기할 수밖에 없었다.

벅찬 발걸음을 하며 활주로 위를 걸었다.

그리고 방송국에서 보내준 새로운 세대의 워싱턴에 몸을 싣고 맨하튼 중심에 위치한 고급 호텔로 향했다. 그곳에서 짐을 풀었다.

양성훈이 자신이 기른 아이들을 불러서 정신 교육을 시켰다.

조선인으로서의 몸가짐이 필요했다.

"미국에 오니 어떠냐?"

"매우 흥분됩니다. 사장님."

"나도 너희들만큼이나 흥분된다. 하지만 기분이 들떠 있다고 정신 줄마저 놓아서는 안 돼. 우리들은 외국인이다. 알겠지?"

"예. 사장님."

"좋은 인상을 주기 위해서 왔으니까, 겸손하고 예의바른 모습을 보여라. 그리고 호텔도 깨끗하게 사용하고. 혹시라도 너희들을 좋아해주는 사람들이 있다면 반드시 부응을 보여라. 그것은 너희들의 배려가 아닌 가수와 연예인으로서의 의무다."

"명심하겠습니다."

"좋아. 그러면 들어가서 쉬어라."

"예. 사장님."

조선인의 명예와 태양으로서의 명예를 동시에 지키려고
했다.

그러한 당부를 전하고 민석과 이호를 비롯한 아이들이
방으로 돌아갔다.

양성훈 또한 자신의 투숙실에서 쉬려고 했다.

그때 문에서 노크 소리가 들려 씻기 위해서 짐을 살피던
성훈이 문 앞으로 갔다.

문의 작은 구멍을 통해서 밖을 살폈다. 그리고 문을 열었
다.

앞에 머리카락이 새어진 동양인이 있었다. 그는 유성한
이었다.

"과장님."

"미국에서 보게 되리라고는 생각조차 못 했네요. 안으로
들어가도 되겠습니까?"

"물론입니다. 안으로 들어오십시오."

성훈이 성한을 안으로 들였다.

밖을 살피다가 문을 닫고 한번 성한과 악수를 하고 부둥
켜안았다.

그렇게 가깝게 지냈던 적은 없었지만 천군이라 불리는

가족 같은 끈이 있었다.

"정말 오랜만입니다."

"저도 오랜만입니다. 과장님."

"처음 봤을 때 앳된 갑판병이었던 것으로 기억하는데, 벌써 이렇게 얼굴에 주름이 생겼군요."

"과장님도 주름이 정말 많이 느셨습니다."

"몇 년 뒤에 저도 환갑이니 말입니다. 그동안 많은 세월이 지났습니다."

과거로 왔을 때 성훈은 20살이었고 성한은 30살이었다.

그리고 어느새 40대와 50대가 되어서 1922년이라는 시간을 보내고 있었다.

웃으면서 소파에 앉아 찻잔을 들었다.

성한이 성훈이 쓴 모자를 보면서 끅끅 소리를 내면서 웃었다.

머릿속에서 연상되는 인물이 있었다.

"설마 컨셉입니까?"

"네?"

"그 모자 말입니다. 의도적으로 빵 모자를 쓴 것은 아니겠죠?"

성한의 물음에 성훈이 피식하면서 웃었다.

"왠지 써야 할 것 같아서 말입니다. 이걸 쓰고 있으면 가수들을 잘 길러낼 것 같습니다."

대한민국 역사에 유명한 연예기획사 사장이 있었다.

그는 결국 회장직까지 올랐고, 그가 키웠던 연예인들이 다사다난하기도 했지만 워낙 유명한 사람이었기에 위인전에 오른 인물이었다.

박씨 성을 가진 기획사 사장과 함께 200년 후까지 이름을 떨친 인물이었다.

그를 떠올리면서 성훈을 쳐다봤고 똑같이 입가가 찢어진 외모에 헛웃음을 일으켰다.

성이 같아서 더욱 헷갈리고 있었다.

성한이 태양의 성공을 확신했다.

"정말 잘 키우셨더군요."

"제 아이들을 말입니까?"

"예. 꼭 세계를 호령했던 미래의 우리 가수들을 보는 듯했습니다. 저의 딸인 혜민이도 무척 좋아합니다. 안사람도 옛날 일이 기억난다면서 좋아하고 말입니다. 아마도 미국에서 크게 성공을 거둘 겁니다."

"성공보다 중요한 것이 이미지입니다. 미국에 좋은 호감을 실어줘야 합니다. 방송에서건 공연장에서건 입조심과 행동을 조심하라고 말하겠습니다. 이제부터 태양이 조선의 얼굴입니다. 조선의 문화는 국력으로 상징될 겁니다."

그저 돈만 많이 버는 것이 중요한 것이 아니었다.

그리고 영국처럼 강제로 문화를 주입하려고 하지 않았다.

오직 선망과 호의로 조선의 문화 승리를 기원하면서 와

인 병의 뚜껑을 열었다.

잔에 포도주를 채우고 잔을 부딪쳤다.

"건배. 우리 문화가 세계를 덮고 나면 그때부터 진정한 혁명이 이뤄질 겁니다."

"예. 과장님."

내일을 위한 축배를 올렸다.

그리고 미국에 진출한 태양이 세계로 향하는 길을 개척하기를 소망했다.

성한이 방송국을 통해 조선의 가수를 돕겠다고 말했고 성훈은 그저 감사하다고 말했다.

며칠이 지나 뉴월드 채널에서 음악 방송이 방영됐다.

그날 방영이 이뤄지기 전에 조선에서 태양이 왔다는 소식이 신문과 뉴스를 통해서 전 미에 알려졌다.

사람들은 태양을 보려고 영출기가 있는 집이라도 뉴월드 채널이 신청되어 있지 않으면, 신청된 집으로 모여서 시청했다.

그때까지만 해도 호기심이 매우 컸지, 경외할 만한 수준으로 생각을 가진 사람들은 많이 없었다.

대부분이 신문을 통해 그들이 어떤 사람인지 수사로만 알고 있었고 실제로 영출기를 통해서 본 사람들은 부유층 중에서도 뉴월드 채널을 신청한 사람들이었다.

중산층 중에서도 일부가 영상으로 봤을 정도였다.

영출기 안에서 색소폰을 든 한 남자가 연주하고 있었다.

그 옆에서 콧수염을 한 흑인 남자가 노래를 부르고 있었다.

영출기 앞에 모인 미국인들은 흑인 남자들의 연주와 노래를 감상하면서도 태양이 나오기를 목이 빠져라 기다리고 있었다.

한 소녀가 짜증을 내면서 지루함을 나타냈다.

"아, 정말. 언제 나오는 거야."

"조금 있다가 나오겠지. 그리고 다른 가수들도 노래를 잘 부르잖아. 들으면서 기다리면 돼."

"저런 무대하고 태양하고는 완전히 달라. 내 눈에는 후줄근해 보여."

뉴스로 태양을 봤다가 그들이 세계 최고인 줄로 알게 된 소녀였다.

소녀의 말에 그의 아빠가 웃으면서 고개를 절레절레 흔들었다.

온 가족과 친구들과 함께 태양이 나오기만을 기다렸다.

잠시 후 노래가 끝나고 방송 진행자가 마이크를 잡았다.

[정말 감사했습니다. 감미로운 색소폰 연주와 힘 있는 가창을 보여 주신 말렉씨에게 큰 박수 부탁드립니다.]

박수를 치고 목소리의 톤을 바꿨다.

[자, 이번에는 저 먼 고려에서 온…….]

"시작한다! 태양이야! 집중해야 돼!"

고려라는 단어가 나오자마자 소녀가 집중했고 가족과 친구들이 침묵했다.

그리고 계속해서 진행자의 목소리에 귀를 기울였다.

[고려 최고의 가수이자, 동양 최고의 가수! 태양을 소개합니다! 태양의 진실!]

태양의 무대가 시작되었음을 알렸다.

영출기 앞의 사람들이 마른 침을 삼켰다.

무대의 불이 꺼지고 검은 그림자들이 올라섰다.

잠깐의 침묵이 있은 후에 노란색 불이 켜졌다.

그러자 각자의 위치에서 자세를 잡고 있는 4명의 청년이 모습을 드러냈다.

그리고 반주가 시작되었다.

"와!"

전 미국인의 입에서 탄성이 터져 나왔다.

여태 본 적 없고 기이하면서 충격적인 무대가 펼쳐지기 시작했다.

그것은 혁명이었다.

흥과 가락으로 세상을 무릎 꿇리다

'잘 봐. 내가 나이를 많이 먹어서 몸이 많이 굳었지만 그래도 너희들보다 많은 걸 알고 있어. 이렇게 추는 거야.

'오오오!'

'봤지?'

'방…방금 뭐였습니까……?!'

'뭐긴, 뒤로 걷는 거잖아.'

'앞으로 걷는 것처럼 보였습니다!'

'하지만 뒤로 걸었잖아. 앞으로 걷는 것처럼 보이지만 뒤로 걷는 거야. 이 춤을 사람들에게 보여주면 너희들은 저 하늘의 별보다 더 높은 곳에 있을 거다. 연습해서 몸이 기

억하도록 만들어. 알겠지?'

'예! 사장님!'

'그 춤으로 너희들은 역사가 될 거다.'

시대가 맞지 않아서 그 춤을 세상에 보일 수 없었다고 말했다.

민석을 포함한 네 청년은 그 말의 뜻이 그저 조선이 강국으로부터 인정받기 전이었기 때문이라고 생각했다.

성훈이 가르쳐준 대로 뒤꿈치를 들고 발끝을 바닥에 붙인 채 뒤로 끌었다.

그 춤이 어떤 춤인지 물었을 때 '달 걷기'라는 이름을 듣고 고개를 끄덕였다.

시적인 이름이 감성적이기도 했다.

그 춤을 조선이 아닌 미국인들에게 선보일 기회가 생겼다.

불빛이 비추는 무대 위에서였다.

춤을 추면서 노래를 하다가 다함께 발끝을 세우고 뒤로 걸어갔다.

영출기 안에서 춤을 보고 있던 방송국 직원들과 진행자의 탄성이 울려 퍼졌다.

[오오!]

[세상에!]

영출기를 보고 있던 시청자들도 마찬가지 반응을 보였다.

"방금… 뭐였어……?"

"앞으로 걸었던 것 같은데……?"

"대체 무슨 일이 일어난 거지……?"

나이든 어머니 아버지들이 눈을 껌뻑였다.

그때 앞에 앉아 있던 자녀들이 크게 소리쳤다.

"뒤로 걸었어요! 앞으로 걷는 게 아니라 미끄러지듯이 뒤로 걸었어요!"

"맙소사!"

전 미국에서 탄성이 일어났다.

뉴월드 채널을 시청하고 있던 모든 사람들이 감탄을 터트렸고 미국을 충격에 빠트린 태양의 공연이 끝났다.

노래와 춤을 끝내는 자세를 취하고 가슴을 들썩이면서 호흡을 골랐다.

멍하니 있던 방송 진행자가 뒤늦게 마이크를 들었다.

목소리가 떨리고 있었다.

[가…감사합니다. 고려에서 온 최고의 그룹 가수… 태양의 진실이었습니다… 다…다음 순서 부탁드립니다…….]

실수로 박수를 쳐달라는 이야기를 빠트렸다.

진행자가 그 사실을 뒤늦게 깨닫고 흠칫했을 때 이미 네 청년은 무대 옆으로 빠져 나가고 있었다.

　그것을 보고 있던 방송국 직원들이 박수를 쳤다.

　[멋지다!]

　[대단했어요!]

　[세계 최고!]

　박수소리와 함께 직원들의 함성이 영출기에서 울려 퍼졌다.

　무대 밖으로 빠져나가던 태양의 민석이 손을 흔들면서 인사했다.

　그렇게 태양의 첫 공연이 끝났고 순서를 기다리던 다른 가수들의 공연이 이어졌다.

　마이크를 흔들면서 노래하는 가수가 있었고 태양의 공연을 보고 자극을 받아 사지를 휘저어 보는 가수도 있었다.

　그러나 어느 누구도 태양이 보여줬던 위엄을 보여주지 못했다.

　이미 사람들의 머릿속에는 조선에서 온 태양으로 가득 차 있었다.

　이후 순위 발표가 이뤄졌다.

　[태양의 진실! 5위입니다! 축하합니다!]

"아니, 어떻게 5위일 수가 있어?! 1위여야 하잖아!"

소녀들이 벌떡 일어서면서 아우성을 쳤다.

신곡이 5위에 오른 것은 이례적이었지만 소녀들이 생각하는 1위는 이미 태양이었다.

그것은 방송을 본 많은 사람들이 공감하는 것이었다.

다음 날 미국 전역이 폭발했다.

가판대의 신문 전면에 조선에서 온 가수에 대한 기사로 채워지고 사람들이 신문을 읽으면서 이야기를 나눴다.

그중에 뉴월드 채널을 본 사람도 있었고 없었던 사람도 있었다.

본 사람은 못 본 사람에게 자신이 느꼈던 감상을 전하기 시작했다.

"정말로 대단했다니까! 도중에 앞으로 걷는 것 같아 보였는데 뒤로 걷는 춤도 있었어!"

"진짜로?"

"그래! 진짜야! 이건 직접 봐야 안다니까!"

"흐음!"

"태양이 나오는 방송을 꼭 봐! 대단해!"

입소문이 널리 퍼졌다. 이미 많은 사람들이 태양을 알고 있는 상태에서 더 많은 사람들이 알아갔다.

그리고 뉴월드 방송국의 전화기가 쉴 새 없이 울려 퍼졌다.

방송국 부사장이 사장에게 상기 된 표정으로 보고했다.

"유전을 캤습니다! 대성공입니다! 지금 우리 채널을 수신하겠다고 엄청난 신청이 들어왔습니다! 그리고 광고 신청도 들어왔습니다!"

"빨리 계약을 맺어야 하니 전화업무를 위해서 직원들을 많이 배치시키시오! 이렇게 무더기로 신청이 들어왔을 때 소화해내야 하오!"

"예! 사장님!"

태양을 방송국에 출연시키면서 엄청난 수익을 거두기 시작했다.

더 많은 전화기를 놓고 더 많은 전화업무를 소화하기 위해서 직원들을 배치하고 그중에 우수한 인력도 배치했다.

그리고 두번째 음악 방송이 이뤄졌다.

태양의 무대가 방송과 신문을 통해서 미리 예고되었고 전보다 더 많은 미국 시민들이 영출기 앞에 앉아 뉴월드 채널을 시청하면서 태양의 무대를 기다렸다.

방송이 이뤄지기 전에 광고가 무더기로 걸렸다.

"와, 정말…….."

"무슨 광고가 이렇게 많아?"

"설마 태양이 나온다고 이렇게 광고가 걸리는 거야?"

나인기와 개또라이, 못난이를 비롯한 조선 회사들의 광고가 걸리고 틈틈이 미국 회사들의 광고가 걸렸다.

그중에 포드모터스의 신차 광고도 걸리면서 사람들의 관

심을 조금이라도 끌려고 했다.

하지만 사람들은 오직 태양의 무대만 학수고대하며 자신들이 본 것을 다시 보고 귀로 들은 것을 검증하려고 했다.

그리고 방송이 시작되면서 다른 가수들의 무대가 이어졌다.

"미치겠네."

"태양 보여 달라고."

"대체 언제까지 기다려야 하는 거야?"

남녀노소 할 것 없이 인상을 쓰면서 다른 가수들의 무대를 지켜봤다.

그리고 방송이 끝나갈 즈음이었다.

진행자의 목소리가 어느 때보다도 밝고 기운찼다.

그가 웃으면서 시청자들에게 말했다.

[정말 많이 기다리셨습니다! 시청자 여러분들의 마음이 아마 제 마음 같았을 겁니다! 고려에서 온 세계 최고의 가수! 노래와 춤으로 전 세계를 평정한 태양! 그들의 진실입니다! 큰 박수와 함께 태양을 무대 위로 모시겠습니다!]

[오오!]

직원들의 환호가 방송에서 들렸다.

무대 위로 올라온 네 청년이 전보다 여유롭게, 훨씬 더 힘 있게 춤을 추면서 노래를 부르기 시작했다.

그리고 도중에 사람들이 말하는 뒤로 걷기 춤을 선보였다.

그것을 본 사람들이 다시 한번 탄성을 터트렸다.

소문으로만 듣고 처음 목격한 사람들은 입을 벌리면서 영출기를 볼 수밖에 없었다.

"맙소사! 진짜였어!"

"정말로 앞으로 걸으면서 뒤로 걷다니!"

"어떻게 이런 일이!"

놀라면서 경탄을 했고 그나마 가지고 있던 반신반의마저도 지웠다.

태양의 무대가 끝나자 다시 방송에서 환호가 울려 퍼졌다.

영출기가 있는 모든 미국 가정집에서 박수가 터져 나왔다.

태양이 무대에서 내려가자 진행자가 박수를 치고 대단한 무대였다고 말했다.

마치 방송의 주인공이 마지막에 등장한 것 같았다.

태양 뒤에서 순서를 기다리는 가수는 아무도 없었다.

이내 점수 환산이 이뤄지고 순위 발표가 이뤄졌다.

태양은 미국에서 자신들의 능력을 여실히 증명하고 공식적으로 인정받았다.

진행자가 1위 가수와 노래를 시청자들에게 알렸다.

[금주 1위 가수!]

"제발……!"

[태양입니다! 태양의 진실!]

"와! 해냈다!"
발표와 함께 다른 의미로 소녀들이 벌떡 일어섰다.
부둥켜안으면서 태양의 1위에 기뻐했다.
"오라비들이 1위를 했어!"
"그러니까! 우리 오라비들이 미국에 와서 1위를 했어!"
"엉엉엉~!"
학교에서 배운 조선말로 태양을 두고 오라비라고 말했다.
소녀들이 기뻐하면서 울었고 방송을 함께 본 부모들은 태양을 대단하게 생각했다.
그리고 남자아이들은 하나같이 태양을 멋있게 생각했다.
"정말로 멋있었어."
"그러니까."
"저렇게 멋진 가수는 처음 본 것 같아."
1위를 차지한 태양의 앙코르 무대가 이어졌다.
그리고 이제 더 이상 미국에서 태양을 모르는 사람들은

아무도 없었다.

다음 날에도 신문 전면은 태양에 관한 기사로 채워졌다.

그들의 나이는 몇 살인지, 예명은 무엇인지, 이름은 또 어떻게 되는지 알려졌다.

뿐만 아니라 어떤 사연을 갖고 가수가 되었는지도 쓰여 있었다.

3주째와 4주째에도 태양이 1위를 차지했다.

5주째에는 본격적으로 미국 오락 방송에 출연하기 시작했다.

음악 방송의 진행자가 직접 진행을 맡은 토크쇼 방송에서 네 청년은 통역원의 힘을 빌려 편안한 분위기 속에서 자신들에 대한 이야기를 했다.

그리고 자신들의 춤에 대해서 이야기했다.

민석이 춤 시범을 보였다.

[이렇게 발끝을 세워서 뒤로 끌어당기고, 뒤에 오면 반대 발을 세워서 똑같이 끄는 거죠. 그러면 뒤로 걸으면서 마치 앞으로 걷는 것처럼 보여줄 수 있어요.]

[이렇게 하는 건가요?]

[예. 맞아요.]

[춤 이름이 뭔가요? 따로 이름이 있나요?]

진행자가 춤 이름을 물었고 통역을 들은 민석이 알려줬

다.

[달 걷기예요.]

[문 워크…….]

[마치 하늘에 떠 있는 달을 멋있게, 그리고 아름답게 걷는다고 해서 붙여진 이름이에요. 그리고 저희 사장님께서 알려주셨어요.]

[네? 잠시만요. 사장님이라면…….]

[양성훈 사장님이요. 사장님께서 저희에게 노래하는 법과 춤추는 법을 알려주셨어요. 그리고 조선 가수로서 어떤 자세로 살아야 하는지도 말이죠. 사장님은 저희들에게 스승님이기도 하죠. 그래서 더욱 감사해요.]

미국을 충격에 빠뜨린 춤의 기원이 알려졌다.

그리고 태양을 누가 키워냈는지도 세상 사람들이 알게 됐다.

진행자가 정리해서 말했다.

[그러면 양 사장이 세계 최고의 가수를 육성해낸 프로듀서겠군요.]

[예. 맞아요. 그리고 저희 말고 조만간 다른 가수도 나올 거예요. 저희처럼 여러 명이 말이죠. 이번에는 남자가 아닌 여자 가수예요. 조선에서 성공하고 나면 미국에 올 거

예요.]

민석의 발언에 진행자가 놀랐다.

그리고 진행자가 새로운 여자 가수에 대해서 물었고 민석은 나오게 되면 직접 물어보는 것이 나을 것이라고 말했다.

그로써 조선의 여자 신인 가수가 세상에 예고되었다.

그리고 방송을 통해 중대발표를 전했다.

민석이 태양을 대표해서 말했다.

[다음 방송 출연을 마지막으로 저희들은 전미 공연에 나설 거예요. 각 주 대도시를 방문하면서 공연을 벌이고 사람들에게 우리의 노래를 들려주고 춤을 보여줄 거예요. 아마 방송으로 보는 것과 실제 공연장에서 보는 것과는 다른 느낌일 거예요. 그러니 꼭 공연장에 오셔서 저희들의 무대를 봐 주시기 바랍니다.]

전미 투어를 예고했다. 진행자는 투어에 대해서 상세한 질문을 했고 민석이 공개할 수 있는 정보들을 알려주면서 시청자들에게 기대감을 안겨줬다.

* * *

혜민도 영출기 앞에서 태양의 공연 예고를 보고 있었다.

학교에서 모두가 태양에 빠져 있을 때 혜민도 여느 미국의 소녀와 같은 모습을 보이고 있었다.

영출기를 보다가 옆에 앉아 있던 성한에게 말했다.

"아빠."

"왜?"

"나… 말할 것이 있는데요……."

"설마, 공연장 티켓 구해달라는 이야기냐?"

"네……."

"생각해 보고."

"……."

딸의 소원에도 성한은 피식하면서 쉽게 넘어가지 않았다.

그러자 혜민이 성한의 뒤로 가서 어깨에 손을 올리고 주무르기 시작했다.

성한이 어리둥절한 표정으로 혜민에게 물었다.

"뭐, 뭐하는 거냐……?"

"아버지 어깨 주물러 드리려고요. 시원하죠?"

"아니."

혜민이 손에 힘을 넣었다.

"아, 아프다. 혜민아."

"아니에요. 시원하실 거예요."

"아니, 아프다니까. 웃. 크큭…크흐흐."

아파오는 어깨에 웃음이 터졌다.

절대 시원하게 해주려고 주무르는 것이 아니었다. 그것은 마치 협박 같았다.

"그래. 알았다, 알았어. 그만 주물어. 담 걸리겠다."

"아싸!"

"대신, 석천 아저씨의 회사 경호원들로부터 경호를 받아야 해. 알았지?"

"네! 아빠!"

"어휴. 거 참 손이 맵네."

"헤헷."

결국 혜민에게 져서 표를 구해다주기로 했다.

그러자 혜민이 성한의 어깨에서 손을 떼고 옆에 앉아서 영출기를 조금 시청하다가 방으로 들어가서 공부를 하고 과제를 했다.

공연을 보기 위해서 미리 할 일을 해두려고 했다.

며칠 뒤 태양의 공연이 확정된 사실이 알려졌다.

혜민이 다니는 뉴욕 시립 중학교에서 여자아이들이 태양에 대해서 이야기했다.

"들었어? 태양이 다음 주 주말에 폴로 그라운드에서 공연한대!"

"진짜?!"

"조만간 표 예매가 들어간다나 봐."

"세상에! 어떡해! 표를 사야 하는데!"

"그러니까 말이야. 밤새서 줄을 서도 사기 힘들 텐데…
어떻게 하지? 학교를 결석해야 하나…….."

"하아……."

표를 사려면 반드시 학교에서 빠져서 밤새 줄을 서야 한
다고 생각했다.

아니, 그렇게 하고도 표를 살 수 있을지 장담하지 못했
다.

태양의 공연을 직접 보고 싶어서 발을 동동 굴렸다.

그때 혜민이 친구들의 구원자가 됐다.

친한 친구들에게 혜민이 말했다.

"어쩌면 표를 구할 수 있을 것 같아."

"뭐? 진짜?"

"그래, 진짜야. 대신 비밀로 해줘야 해. 알았지?"

"아… 알겠어."

"아빠가 태양의 회사 사람들과 친해."

비밀을 지켜달라는 혜민의 말에 친구들이 고개를 끄덕이
면서 알겠다고 말했다.

그리고 혜민에게 고맙다고 말했다.

혜민이 없을 때 친구들끼리 이야기가 오갔다.

"헬렌의 아버지가 뭐하시는 분이기에 태양의 회사 직원
들과 친한 거지?"

한 친구의 질문에 다른 친구가 알려줬다.

"헬렌의 아버지가 고려 황제의 대리인이잖아. 그래서 태

양에 대해서도 미리 알고 있을 수 있어."

친구의 대답을 듣고 질문을 했던 여자아이가 크게 놀랐다.

그리고 혜민이 정말로 대단한 아이라는 것을 알게 됐다.

학교에서 공부를 제일 잘하고, 성격도 좋아서 혜민을 아는 친구들이 따르고 있었다.

거기에 혜민에게 돈을 뜯으려고 했던 질 나쁜 아이들이 혜민의 격투기로 제대로 혼쭐이 난 이후로는 어느 누구도 혜민을 욕하거나 시비를 걸지 않았다.

같은 빌딩에서 사는 석천과 특임대 대원들로부터 격투기를 배웠고 수시로 석천이 창업한 경호회사에서 몸을 단련하고 있었기에 강할 수밖에 없었다.

싸움이 났을 때는 학교 선생과 경찰들이 모두 혜민의 편에 섰다.

그렇게 혜민의 배려로 그녀와 친한 친구들이 공연을 보러 갈 수 있었다.

뉴욕 야구팀의 야구장인 폴로 그라운드에서 공연이 열리는 날이었다.

그곳에 수많은 인파가 몰려들었다.

"세상에! 몇 명이야?!"

"이 정도면 몇 만명은 넘게 보이겠어!"

혜민을 따라온 친구들이 탄성을 터트렸다.

수많은 여자아이들이 어떻게든 구한 티켓을 들고 공연장

입구 앞에서 줄을 서고 있었다.

그리고 태양을 동경하게 된 남자아이들도 손에 티켓을 들고 기다리고 있었다.

한 여자아이가 조선말로 태양의 노래를 불렀다.

"널 마음에 두지 않은 듯했지~ 하지만 그것은 거짓말이었어~"

그리고 이어 줄을 서고 있던 소녀들이 따라 노래를 불렀다.

"사실은 널 많이 사랑해서~ 사랑해서~"

폴로 그라운드 앞에서 떼창이 일어났다.

공연이 시작하지도 않았는데 소녀들이 먼저 열기를 지피기 시작했다.

그리고 남자아이들도 따라 노래를 부르면서 지루한 시간을 즐겁게 기다렸다.

악보를 가지고 있던 소녀가 옆의 친구들과 함께 노래를 불렀다.

입장이 시작됐을 때도 계속 노래를 부르면서 천천히 안으로 들어갔다.

혜민이 친구들에게 자리를 안내했다.

"이쪽이야."

"와! 설마 저게 무대야?"

"그래!"

"엄청 가깝잖아! 헬렌, 네가 정말 우리 친구라는 게 너무나도 자랑스러워!"

혜민의 손을 잡고 친구들이 기뻐했다.

그들은 무대 가까운 의자에 앉아서 공연이 시작되기 전에 주위를 크게 돌아봤다.

운동장을 메운 의자 위에 사람들이 착석했고 멀리 계단식 관중석에도 관람객들이 앉아서 공연이 시작되기를 기다렸다.

모두가 하나같이 태양의 노래를 부르면서 서로에게 기대감을 부여했다.

관중이 모두 들어오고 공연 시작 시각이 되자 불이 꺼지면서 침묵이 감돌았다.

혜민이 직감하면서 친구들에게 말했다.

"이제 시작할 것 같아."

펑!

"와아!"

폭죽이 터지며 무대 바닥 아래에서 태양이 튀어 올라왔다.

그것을 본 사람들이 크게 탄성을 터트렸다. 혜민과 친구들도 입을 크게 벌렸다.

태양의 공연을 위해서 새로운 기술이 도입됐다. 그것은 얼굴에 붙이는 핀 마이크였다.

조선에서 개발된 기술로 태양의 공연이 시작되었다.

격렬한 춤과 함께 노래를 부르기 시작했다.

관중의 함성이 크게 울려 퍼졌다.

　경기장 안에서 태양과 관람객의 노래가 울려 퍼졌고 그 모습이 현장을 취재하러 온 기자들의 촬영기에 담겼다.

　오프닝 노래 이후 민석이 인사를 하면서 세명의 동생을 관중에 소개했다.

　이호와 정서해와 주효종을 소개하고 자신들이 조선 대대로 이어져 온 사신의 호칭을 예명으로 쓰고 있음을 알려줬다.

　그리고 그것이 상징하는 것을 관중에게 알렸다.

　"저희들은 세상을 지킬 수 있길 소망합니다. 세상에 평화가 지켜져서 여러분들을 지킬 수 있는 태양이 되길 원합니다. 그렇게 되길 원하시죠?"

　"예~!"

　"저희들은 그렇게 여러분들의 수호신이 되겠습니다! 여러분들을 위해서 노래를 부르고 춤을 추겠습니다! 다음 곡입니다! 이 노래와 함께 미리견에 올 수 있어서 다행이라고 생각합니다. 또 감사히 여깁니다! 진실입니다!"

　"와아아아~!"

　민석의 말을 알아듣는 관중이 있었고 심지어 대답할 때 조선말로 대답하는 소녀들이 있었다.

　진실이라는 말에 온 관중이 열광의 도가니에 빠졌다.

　네 청년이 자세를 취하고 노래를 부르자 모두 일어난 관중이 함께 노래를 불렀다.

"널 마음에 두지 않은 듯했지~ 하지만 그것은 거짓말이었어~ 사실은 널 많이 사랑해서~ 사랑해서~"

노래를 부르다가 불빛이 번쩍였고 격정적인 분위기가 되었을 때 태양이 '문 워크'라 불리는 달 걷기 춤을 추었다.

그러자 관중이 탄성을 터트리면서 고함을 질렀다.

"와아!"

"오라비! 최고~!"

도중에 민석이 무대 바깥으로 와서 손을 내밀었다.

혜민의 친구 중 한명이 팔을 뻗었다. 손끝이 닿자 그 친구가 비명을 질렀다.

"세상에! 어떡해! 내 손을 잡아줬어!"

"레베카! 네 손 좀 만져 봐도 돼?!"

"다들 만져 봐! 어서! 하읍……!"

"레베카?!"

방방 뛰던 친구가 쓰러지자 혜민이 놀라서 쓰러진 친구를 붙들었다.

눈이 풀린 레베카가 숨을 헐떡이면서 혜민에게 말했다.

"헬렌……."

"레베카 괜찮아?!"

"헬렌… 정말 고마워… 나… 죽어도 여한이 없을 것 같아… 오라비가 내 손을 잡아주다니… 하아……."

"레베카!"

혼절 직전이었다. 민석의 손을 잡았던 혜민의 친구가 쓰

78

러져서 정신을 차릴 줄 몰랐다.

그녀와 똑같이 실신한 여자아이들이 무더기로 생겨났다.

쓰러져서 호흡곤란을 일으켰고 공연장을 지키는 직원과 응급요원의 도움을 받아서 잠시 밖으로 빠져 나갔다.

그리고 호흡을 진정시키고 정신을 차린 후에 다시 공연장으로 돌아왔다.

마저 공연을 즐기고 퇴장하던 태양이 다시 돌아와서 잔잔한 노래를 부르는 것을 감상했다.

춤 없이 부르는 네 사람의 노래가 감미로웠다. 거기서 다시 소녀들이 쓰러졌다.

"그냥 노래를 불러도 잘 부르잖아……."

"태양은 정말로 세계 최고의 가수야……."

"노래만으로도 이렇게나 대단할 수가 있다니……."

상상 못 한 최고의 공연을 지켜봤다.

혜민과 친구들이 함께 태양을 부르짖었다.

"태양! 태양! 태양!"

출렁이는 관중의 모습을 조선에서 온 네명의 청년이 벅찬 감정으로 지켜봤다.

성황리에 뉴욕에서의 첫 공연이 마무리되었다.

큰 아쉬움과 함께 혜민이 친구들과 함께 공연장에서 나왔다.

집으로 와서 성한에게 감사하다는 이야기를 했고 친구들

이 매우 좋아했다는 이야기를 했다.

딸이 기뻐함에 성한 또한 기분이 좋았다.

성한은 통신기로 한양의 장성호와 교신하면서 미국에서 태양이 큰 성공을 이뤘음을 알려줬다.

더해서 공연에서 소녀들이 쓰러진 사실을 알려줬다.

"우리 딸이 이야기했습니다."

―뭐라고 말입니까?

"친구들이 좋아했고 그중 한명은 손을 잡아보고 실신까지 했다고 말입니다. 공연 도중에 실신한 관중이 다수 있습니다. 방금 전에 뉴스를 보고 왔는데 온 미국에 방송 중입니다. 조선의 가수가 최고라고 말입니다. 이대로면 미국에서 엄청난 공연 수익을 거둘 겁니다."

성한의 보고에 장성호가 기뻐했다.

―정말 기쁩니다. 폐하께서도 이 사실을 아신다면 매우 좋아하실 것 같습니다.

"조선의 위상이 높아지는 일이니 말입니다. 그리고 이제 양 사장이 키운 다른 가수가 성공한다면 그야말로 세계 음악 시장을 조선이 주도하게 되는 겁니다. 노래 풍과 춤, 심지어 작은 가사까지 말입니다. 그러면 연계되는 산업도 주도할 수 있습니다."

―연계 산업이라면 음악을 듣기 위한 전자제품 산업 말입니까?

"그렇습니다. 지금 생산되고 있는 라디오에 테이프를 넣은 카세트를 말입니다. 그 외에 헤드셋을 포함한, 음악에 관련된 제품을 우리가 최초로 개발하고 대량으로 팔 수 있습니다. 일본이 주도했던 걸 우리가 가져올 겁니다."

80년대를 정복했던 일본의 산업을 떠올리면서 성한이 말했다.

장성호가 기대 가득한 목소리로 대답했다.

―과학기술부대신과 우리 기업인들에게 말하겠습니다.

"개발이 되면 미국에서 면허 생산할 수 있도록 하겠습니다. 그리고 양 사장과 이야기해서 유럽 진출에 대해서 이야기하겠습니다."

―예. 과장님.

내일을 준비하고 미국을 정복했던 것처럼 유럽을 정복하려고 했다.

교신을 끝내고 다음 날이 되었을 때 태양과 함께 다음 공연을 준비 중이던 성훈을 만났다.

그에게 미국의 공연이 끝나는 대로 유럽으로 향해서 공연을 벌이자고 했다.

그리고 반년 만에 태양의 미국 활동이 끝마쳐졌다.

반년 동안 미국의 많은 것이 바뀌어 있었다.

"저길 봐! 동양인이야!"

"태양 같아! 엄청 잘생겼어!"

"와아!"

아버지가 인디언이라 불렸던 한 청년이 길을 걷고 있었

다.

그가 조선에서 온 태양처럼 옷차림을 하고 짧은 머리를 하고 다니자 여자들이 그를 가리키면서 잘생겼다고 멀리서부터 수군거렸다.

그리고 또 다른 동양 남자를 보고 멋지다고 말했다.

그들은 사람들 앞에서 쉽게 입을 열지 않았다.

'가만히 있으면 조선인인 줄 알면서 대접해주니까 절대 일본말을 써서는 안 돼. 알았지?'

'그래.'

조선인이 대우를 받자 그 위로 숟가락을 올리는 일본인들이었다.

미국에 온 수많은 일본인과 중국인들은 스스로를 고려인이라고 말하면서 국적을 세탁하고 대우받으려고 했다.

물론 여권을 보이는 순간 그 대우는 사라질 수밖에 없었다.

그렇게 미국이 변화되고 있었다. 백인들의 인종차별 문화도 크게 옅어질 수밖에 없었다.

그런 때에 태양이 여객기를 타고 영국으로 향했다.

민간 공항으로 바뀐 옛 런던 육군항공대 비행장에 수많은 인파가 몰려들었다.

활주로에 선 비둘기의 문이 열리면서 태양이 모습을 드러내자 멀리서 그들을 기다리던 소녀들이 비명을 지르고 고함을 질렀다.

그 수만도 수천명이 넘었으니 지평선까지 가려질 지경이었다.

"태양! 태양! 태양!"

"고려! 고려! 고려!"

"오라비들! 여기 좀 봐 줘~!"

조선을 찬양하고 태양을 부르짖었다.

곳곳에 조선글로 쓰인 태양과 사랑해라는 단어가 있었다.

그리고 주작과 현무, 백호와 청룡이라는 네 청년의 예명 또한 곳곳에 쓰였다.

그것을 보고 민석과 이호 등이 미소 지었다.

손을 들면서 사람들의 함성을 이끌었고 영국 방송국에서 준비해준 차에 몸을 실었다.

영국의 최고 고급차는 아우들이었다.

조선의 차가 영국을 누비면서 결국 영국 정부도 두 손을 들었다.

차가 고급 호텔 앞에 서고 태양이 내렸다.

어디서 소문을 들었는지 소녀들이 근처로 모여서 함성을 질렀다.

소녀들의 환호를 들으면서 태양이 호텔로 들어갔고 그 모습을 영국의 신문기자와 방송기자가 취재했다.

그날 밤 9시에 뉴스로 태양이 입국한 사실이 영국 전역에 알려졌다.

[지금 순간에 세계 최고의 가수죠. 노래와 춤으로 세계를 뒤흔들고 있는 고려 가수 태양이 런던에 도착했습니다. 도착과 동시에 모인 팬들로부터 환호를 받으면서 숙소로 이동했는데요. 여태 이런 가수가 있었나요? 모두가 태양에 열광하며 심지어 실신하는 사람들도 있었습니다. 충격적인 태양의 입국 현장. 크롬웰 기자입니다.]

태양이 방문하고 군중이 환호하는 모습이 영출기에서 나타났다.

그동안 태양을 몰랐던 영국인들마저도 그들에 대해서 궁금증과 호기심을 가졌다.

신문으로 세계 최고의 가수가 영국에 왔다는 식으로 대서특필이 이뤄졌고 중류층 가정에서는 라디오로 태양이 어떤 가수인지 연일 설명을 들었다.

이후 미국 때와 마찬가지로 음악 방송에 출연하고 영국을 뒤흔들어 놓았다.

귀족과 상류층에서부터 태양이 보여준 노래와 춤에 흠뻑 빠져들었다.

그리고 중류층으로 유행이 번지기 시작했다.

영국에 입국한지 보름이 되지 않았을 때였다.

런던에서 첫 공연이 이뤄졌고 런던 국제 축구 경기장이 공연장이 되었다.

무수한 소녀 팬들이 공연장으로 향했다.

조선말로 노래를 부르면서 공연을 즐겁게 기다리다가 비싸게 산 표를 내고 공연장에 입장해 태양이 나오기만을 기다렸다.

공연이 시작되고 무대 위로 태양이 뛰어서 올라왔다.

함성이 일면서 관중이 열광하기 시작했고 태양은 그들에게 온 세상이 주목하는 노래와 춤을 선보였다.

그리고 영국 관중들 앞에서 달 걷기 춤을 보여줬다.

앞으로 걷는 듯하면서 뒤로 걷는 춤에 대영제국이 열광했다.

무대 막바지에 민석이 마이크를 잡고 숨을 고르면서 관중에게 말했다.

"여러분! 즐거우십니까?!"

"예~!"

"저희도 너무나 즐겁습니다! 그리고 너무나 영광입니다! 이렇게 세계를 누비는 나라에 와서, 영길리 국민들에게 저희들의 노래를 들려주고 춤을 선보일 수 있어서 너무나 행복합니다! 이 행복을 저희만 누리기가 너무 아까워서 이번에 저희와 동락해온 자매들을 여러분에게 소개하고자 합니다! 그렇게 해도 되겠습니까?!"

"예~!"

"은월입니다! 큰 박수와 함께 여러분께 소개합니다!"

태양이 미국 관중을 사로잡는 동안 조선에서 활동을 벌

인 5인조 여자 가수였다.

수컷 호랑이가 숲에서 나가자 여우가 아닌 암컷 호랑이가 숲의 제왕이 됐다.

은월은 조선과 동양에서 태양 못지않은 인기를 누리고 있었다.

다만 영국인들에게는 아는 사람만 아는 가수였다.

"은월이다!"

"런던에서 은월을 보게 되다니!"

몇몇 관객이 탄성을 일으키면서 무대 위로 올라온 5명의 여인을 검지로 가리켰다.

한명은 머리카락을 길게 풀어 놓은 머리를 하고 있었고 한명은 만두머리를 하고, 또 한명은 정수리 부근에서 머리를 묶고 늘어뜨리고 있었다.

양 갈래 머리와 어깨까지 머리카락이 내려오는 단발머리를 한 사람도 있었다.

그들 다섯명이 남자처럼 바지를 입고 위에는 코트를 입고 있었다.

그리고 코트를 펄럭이면서 노래를 부르기 시작했다.

여느 나라의 여자 가수처럼 흐느적거리면서 교태를 부리는 춤이 아닌, 마치 태양처럼 절도 있고 힘이 넘치는 춤이었다.

그 춤을 보면서 사람들이 탄성을 터트렸다.

"굉장해!"

"마치 태양 같아!"

"고려에서는 여자도 이런 춤을 추고 노래를 부른단 말인가?!"

"와아! 세상에!"

여기저기서 감탄이 터져 나왔다.

은월이 유럽에서 처음 공개되면서 사람들은 남녀를 가리지 않고 조선의 가수는 세계 최고라고 생각했다.

그날 밤 9시에 영국 방송국에서 태양과 은월에 대한 뉴스 방송이 이뤄졌다.

[여러분 안녕하십니까. BCC 나이트 뉴스입니다. 첫 소식입니다. 오늘 고려에서 온 태양이 런던 국제 축구 경기장에서 공연을 벌였지요. 정말 대단한 무대를 선보였다 합니다. 그리고 고려의 신인 여자 가수 은월이 유럽에서 처음으로 공개되었습니다. 녹화 영상, 보시겠습니다.]

밤에 영출기 앞에 모인 시청자들을 상대로 태양의 공연과 은월의 공연을 사람들에게 알려줬다.

그리고 공연장에 갈 수 없었던 사람들에게 조선 가수의 무대가 어떤 무대인지 보여줬다.

뉴스에서 나오는 녹화 영상을 보면서 영출기를 시청하는 영국인들이 놀랐다.

다음 날엔 신문으로 다시 태양과 은월에 대해서 알게 됐다.

신문을 든 영국 신사들이 이야기하고 있었다.

"고려 가수라… 고려는 노래를 부르는 것도 세계 최고로
군."

"딸이 공연을 보고 왔는데 대단했다고 하더군. 문워크라
는 춤은 죽기 전에 꼭 봐야 한다고 말하더라고."

"나는 영출기로 뉴스를 보면서 봤네. 정말 대단한 춤이
더군."

"정말로 앞으로 걷는데 뒤로 걷던가?"

"그래. 착시 같은 느낌이었는데 그런 춤을 생각해낸 게
정말 놀라운 일이야. 남자가 그 정도니 고려에선 여자도
그렇게 춤을 잘 추겠지. 고려라는 나라에선 정말 안 되는
게 없어."

조선을 찬양하고 여태 생각해왔던 편견이 무너지는 것을
느꼈다.

은월을 보고 여자라는 존재에 대해서 다시 생각했다.

그녀들이 남긴 인터뷰 기사를 읽으면서 조선에서 여자가
어떻게 살아가는지 알게 됐다.

자신감으로 가득 찬 인터뷰였다.

[남자들이 여자를 무시하지 않냐고요? 물론 무시했죠.
하지만 앞으로는 절대 아니에요.

남자들이 여자를 무시하는 이유는 나라를 지키기 위해서

남자들은 목숨을 거는데 여자는 전혀 그렇지 않기 때문이에요. 보호를 받기 때문에 여자는 약하다는 편견이 생기고 그 때문에 무시를 받는다고 생각해요. 하지만 여자가 어머니가 되었을 땐 세상의 어떤 남자보다도 강하고 인내할 수 있는 존재라고 생각해요. 나라가 위험하면 여자도 당연히 전쟁터에서 싸울 수 있어야죠. 조선에서 여자는 기초 군사 훈련만 받고 있지만, 저는 그런 편견을 깨기 위해서라도 남자와 마찬가지로 군역을 치르고 2년 동안 막사에서 다른 여자들과 전우애를 다져야 된다고 생각해요.

여자들도 얼마든지 할 수 있어요. 얼마든지 강해질 수 있고 남자처럼 근력도 키우고 부대도 통솔할 수 있어요. 그런 식으로 회사도 경영할 수 있다고 봐요.

똑같은 조건에서 여자가 공정하게 능력을 증명한다면, 그 후에 남자의 무시를 거부할 수 있는 권리를 가질 수 있다고 생각해요. 그 전에 가지려는 것은 공정하지 못한 일이에요.

우리는 우리의 능력을 증명해서 편견을 무너뜨릴 수 있어요.

저희 춤은 그런 춤이에요.]

남자와 동등하게 강해질 수 있다는 것을 증명하고, 남자가 가질 수 없는 아름다움으로 여성만의 특별함을 취하려고 했다.

그것은 이성에게 노예 되기를 자처하는 것이 아니라, 사람의 경쟁력을 높이는 일이었다.

그런 내용까지 신문에 쓰이면서 기사를 읽은 런던 남자들이 감탄했다.

조선 여자가 세계 제일이었다.

"내가 생각해온 이상형이 여기에 있었어."

"이렇게 자신감이 넘치는 여성이라니."

"고려 여인과 결혼한다면 무인도에 갇히더라도 함께 살아남을 수 있을 거야."

"영국 여자들은 고려 여자들을 배워야 해!"

남자들뿐만 아니라 영국의 소녀들도 깊은 감명을 받았다.

은월을 동경하게 됐고 멋진 신여성이라 생각하면서 본받으려고 했다.

그러면서 그녀들의 머리 모양과 귀에 건 장신구에 관심을 보였다.

"어때? 은월의 민주 같아?"

"민주 같기는 한데… 얼굴이 아니야."

"아, 정말. 어떻게 해야 비슷해질 수 있는 거지? 햇볕에 얼굴을 태워야 하나?"

은월의 복장을 영국 소녀들이 라 하기 시작했다.

심지어 얼굴마저 은월과 같은 동양인처럼 되길 소망했다.

조선을 향한 선망이 유럽에서도 일어나 광풍처럼 몰아닥쳤다.

태양과 은월은 프랑스와 이탈리아, 네덜란드 등을 방문하면서 공연을 열고 무수한 관객을 불러 모았다.

태양과 은월에 대한 내용이 프랑스 신문의 전면을 채웠다.

[신대륙에 이어 유럽을 점령한 고려 음악의 정체는?!]

[기존의 것을 부수는 노래와 춤으로 전 세계를 정복하다!]

[고려가 노래와 춤으로 유럽을 침공하다!]

[이제부터 유럽 후손들은 고려를 배우고 따를 것이다!]

그 제목과 신문 기사를 읽고 어느 누구도 부정할 수 없었다.

그저 자신들의 나라가 더 이상 세계 최고가 아니라는 사실과 문화에서 조선을 앞설 수 없는 사실이 짜증나고 열받을 뿐이었다.

욕을 하면서 현실에 불만을 토했지만 그뿐이었다.

조선을 저주하거나 공정하지 못하다고 하는 사람은 아무도 없었다.

유럽의 소식이 장성호에게 닿았다.

"영국과 프랑스에서도 큰 성공을 거뒀습니다. 이번에는

걸그룹까지 확실하게 자리 잡았습니다. 두 그룹이 입었던 옷과 신발, 은월이 사용하는 화장품까지 대박이 났습니다. 유럽에서 소녀들이 동양의 소녀처럼 꾸민다고 합니다."

—영국이 누렸던 것을 이제 우리가 누리게 되겠군요.

"예. 과장님."

—축하할 일입니다. 예상대로 되어서 다행입니다. 여기까지 왔으니 이제 다음 계획을 실행시키면 되겠군요. 유럽에서 태양과 은월에 대한 레코드 판매 요청은 있습니까?

"무수히 많습니다. 양 사장 말로는 주문이 엄청 들어오고 있다고 합니다. 하지만 절대 레코드로 노래가 팔리진 않을 겁니다."

—계획했던 대로 우리가 개발한 카세트테이프로 팔면 되겠군요.

"예. 과장님."

—이제 조선 음악을 들으려면 조선의 제품을 써야 들을 수 있을 겁니다. 카세트로 막대한 수익을 거둬 봅시다. 여태껏 그래왔지만 조선은 전자제품 제조 강국으로 국위를 드높이게 될 겁니다. 그 고지를 제일 먼저 선점하는 겁니다.

목소리에 잔뜩 힘이 들어가 있었다.

세계가 조선을 선망하고 있었고 조선인처럼 되길 소망했다.

그 사실이 장성호와 성한은 뿌듯할 수밖에 없었다.

*   *   *

사람들은 태양과 은월의 노래를 언제나 들을 수 있기를
원했다.

때문에 프랑스에 머무는 성훈에게 축음기와 레코드판을
제작하는 회사 사장이 수시로 찾아왔다.

금덩이를 들고 와서 노래의 이용 권한을 얻으려고 했다.

"수익의 70퍼센트를 넘겨주겠소. 그러니 태양과 은월의
노래를 우리 레코드판에 새길 수 있도록 허락해 주시오.
부탁하오."

프랑스 사장의 이야기를 통역으로 듣고 성훈이 고개를
가로저었다.

빵모자를 눌러쓰고 입 꼬리를 끌어당겼다.

"우리는 우리 회사 가수들의 노래를 레코드판에 담지 않
을 겁니다."

"뭐요? 그러면 사람들이 어떻게 노래를 감상한단 말이
오? 양 사장은 돈 벌 생각이 있는 거요? 공연으로 돈을 벌
어봤자 레코드판으로 버는 것에 비하면……."

"레코드 말고 다른 것에 노래를 담을 겁니다."

"어떻게 말이오?"

"그것은 비밀입니다. 안타깝게도 피레 사장의 회사는 저

희가 원하는 방식으로 노래를 담을 수 없습니다. 그래서 죄송하고 아쉽습니다."

레코드판 제작이 불가능하다는 말에 피레라 불리는 사장이 욕설을 뱉었다.

그 욕까지 통역되지 않았지만 성훈은 그것이 자신에 대한 욕이고 저주라는 걸 알았다.

그렇게 오는 사장마다 거절하면서 돌려보냈다.

한달이 지나자 프랑스와 영국을 중심으로 태양과 은월의 노래가 담긴 레코드판이 돌기 시작했다.

그중 하나를 구입해서 축음기에 끼워서 노래를 틀어봤다.

성훈과 태양, 은월이 다함께 모여서 노래를 감상했다.

감상 후에 축음기를 끄고 불법으로 나도는 레코드판에 대해서 이야기했다.

민석이 성훈과 직원들에게 말했다.

"가사가 들리긴 하는데 저희조차 집중해야 겨우 들릴 정도입니다. 잡음이 너무 많습니다. 조선에서 축음기판을 만들었다면 이 정도 수준은 아닐 겁니다."

은월을 이끄는 민주가 의견을 더했다.

"저희 없이 만들어서인지 마치 공연장에서의 노래를 녹음한 것 같아요. 뭔가 급조된 티가 많이 나는 것 같아요."

민석이 다시 말하면서 성훈에게 물었다.

"이런 게 정말로 많이 팔립니까?"

"많이 팔리지."

"정말 무뢰배들이 따로 없습니다. 레코드로 제작해주지 않는다고 이런 걸 만들어서 사람들에게 들려주다니… 저희들의 명예도 떨어지는 일입니다. 사람들에게 제대로 된 노래를 들려주고 싶습니다."

사람들은 태양과 은월이 직접 녹음에 참여한 것으로 알고 있었다.

민석이 억울해하면서 말하자 직원들도 인상을 쓰면서 그 억울함을 호소했다.

오직 성훈과 그를 보좌하는 비서만이 의미심장하게 미소를 지었다.

그리고 자신이 키운 아이들에게 말했다.

"전에 조선에 있을 때 너희들에게 노래를 한번 더 녹음하라고 한 적이 있었지?"

"예. 사장님."

"너희들의 노래를 사람들이 어떻게 듣는지 들어본 적 있어?"

"없습니다."

"그러면, 오늘 들려줄 테니 한번 들어 봐라."

"……?"

곁에 서 있던 비서에게 성훈이 눈짓을 줬다.

그러자 비서가 뒤에 놓여 있던 상자에서 무언가를 꺼내고 탁자 위에 올렸다.

그것은 직육면체 형태를 지닌 책 4개를 붙인 크기의 기물이었다.

손잡이가 달려서 들고 다니기에도 매우 편한 기물인 것 같았다.

중앙의 단추를 비서가 누르자 찰칵 하는 소리와 함께 작은 문이 열렸고 그 안에 들어갈 수 있을 만한 작은 크기를 가진 또 다른 기물이 모습을 드러냈다.

그것을 들고 성훈이 말했다.

"이 안에 너희들의 노래가 담겨 있다."

"그 작은 상자에 말입니까?"

"그래. 이 안에 자기선이 감겨 있고 너희들의 노래가 녹음되어 있다. 노래 가에 세상의 세를 붙여서 가세라고 하지. 큰 기물은 가세 재생기고 말이야. 이쪽 면으로 넣으면 태양의 노래가, 반대쪽 면으로 넣으면 은월의 노래가 나올 거야. 들어보고 너희들 스스로 평가해 봐."

생전 처음 보는 기물이었다.

성훈이 가세를 재생기 안에 넣고 작동시키자 재생기 양옆의 스피커를 통해서 태양의 진실이 울려 퍼지기 시작했다.

자신들의 노래를 듣고 민석과 이호 등이 움찔하면서 놀랐다.

사람들이 탄성을 터트리는 가운데 환하게 웃으면서 민석이 성훈에게 말했다.

"마치 저희들이 앞에서 노래하는 것 같습니다!"

"그렇지? 너희들이라면 제값을 받는다 치고, 이것을 사겠냐? 아니면 음질이 엉망인 축음기판을 사겠냐?"

"가세 재생기의 값이 얼마나 됩니까?"

"축음기의 세배 정도다."

"당연히 가세를 삽니다! 열배라 해도 가세를 사서 노래를 들을 겁니다!"

"그렇지?"

"예! 사장님!"

성훈이 민주에게도 물었고 민석과 똑같은 대답을 들었다.

그들의 의견에 어느 누구도 이견을 붙이지 않았다.

그저 상기된 표정을 지으면서 가세에 대해 기대감을 나타냈다.

성훈이 은월의 노래를 재생시키면서 말했다.

"굳이 고발할 필요도 없다. 고발해도 불란서 법관이 불란서 편을 들지 우리 편을 들겠어? 우리가 불리한 전쟁터에 서 있다면 유리한 전쟁터로 적을 유인하면 돼."

"맞습니다!"

"너희들의 노래를 가세로 마음껏 들려줘. 이제 조선 회사의 제품을 사지 않고선 너희들의 노래를 절대 들을 수 없을 거다. 너희가 흥할수록 우리 회사도 흥하는 거야. 그게 바로 국위선양이다. 알겠니?"

"예!"

"나는 너희들이 자랑스럽다. 하하하."

판을 뒤엎고 새로운 기물로 막대한 수익을 거두려고 했다.

가세를 보고 민석과 민주를 비롯한 숙소에 있던 모든 사람들이 환하게 웃었다.

노래 하나로 국부를 이끌어낼 수 있다는 사실에 큰 고무를 느끼면서 막중한 사명을 느끼게 됐다.

파리 중심가에 상점들이 밀집한 번화가가 있었다.

그 번화가에 있는 축음기와 레코드판을 파는 가게 안에서 태양의 노래와 은월의 노래가 울려 퍼졌다.

다소 잡음이 있는 탓에 일부 가사가 뭉쳐서 들리고 있었다. 그럼에도 레코드판을 구입하는 고객이 있었다.

"태양 노래 있나요?"

"예. 있습니다."

"은월은요?"

"은월도 있습니다."

"한 판씩 주세요."

"예~ 고객님~"

망사를 쓴 부호의 여식이 레코드판을 구입했다.

그리고 가게에서 나와 대기하고 있던 차에 올라타려고 했다.

그때 번화가를 메우는 노래 소리를 듣게 됐다.

"이 노래는… 태양의 진실이잖아? 대체 어디서 축음기를 재생하는 거야……?"

가사가 또렷하게 들렸다. 열심히 공부했던 조선말로 된 노래 가사의 발음이 매우 정확했다.

노래가 들리는 방향을 향해 부호의 여식이 급히 발걸음을 옮겼다.

집사가 따라 움직였고 대기하고 있던 차가 천천히 움직였다.

금성전자 매장 앞에서 발걸음을 멈춰 세웠다.

작은 상자 안에서 노래 소리가 울려 퍼지고 있었다.

"맙소사… 여기서 노래가 나오고 있어."

노래를 듣고 매장 직원을 찾았다. 곧 점장이 나와서 그녀를 응대했다.

"무엇을 도와드릴까요?"

점장의 물음에 부호의 여식이 상자를 가리키면서 물었다.

"이거, 대체 뭔가요?"

"아, 이것 말입니까?"

"예."

"고려에서 온 신상품입니다. 가세 재생기라고 하죠. 노래를 들을 수 있고 주파수를 조절해서 라디오 방송도 청취할 수 있습니다."

"……?!"

"이렇게 가세를 넣으면 가세 안에 담긴 자기선으로 음악을 재생할 수 있습니다."

"세상에… 어떻게 이런 일이……"

축음기의 음질보다 훨씬 좋았다.

더군다나 비싼 돈을 주고 산 레코드판의 음질과는 비교도 할 수 없었다.

뭉쳐서 들리던 태양의 노래 가사가 정확하게 들리면서 부호의 여식은 마치 사기를 당한 것 같은 느낌을 받을 수밖에 없었다.

점장에게 가세와 재생기를 사겠다고 말했다.

"이것과 이것, 얼마인가요?"

"재생기의 가격은…….."

"아니, 얼마가 되든지 살게요. 바로 결제할 테니 새 걸로 꺼내주세요."

"예! 금방 내어오겠습니다!"

점장이 기뻐하며 매장 안으로 들어갔다.

그리고 이내 새 재생기가 담긴 상자와 플라스틱 덮개에 담긴 가세를 가지고 왔다.

그것들을 부호의 여식은 집사에게 맡기고 종종 걸음을 했다.

그리고 축음기 매장으로 들어와서 레코드판을 던졌다.

"이딴 쓰레기로 내게 음악을 들으라니! 앞으로 절대 이

가게를 이용하지 않을 거야!"

"……?!"

점장이 놀라서 당황했다. 그 앞에 깨진 레코드판이 놓여 있었다.

부호의 여식은 일갈을 놓고 이내 사라졌다.

환불해달라는 말은 없었지만 더 이상 그 가게에서 노래가 담긴 레코드판을 살 일이 없었다.

그렇게 부호의 여식이 돌아갔고 사온 가세 재생기로 노래를 들으면서 신문물이 주는 새로운 문화생활을 즐기기 시작했다.

그녀를 통해서 소문이 나기 시작했다.

며칠 지나지 않아 금성전자 매장에 사람이 가득 들어섰다.

모두가 하나같이 가세 재생기가 있는지를 찾았다.

"가세! 가세 재생기 어디 있어요?!"

"저쪽에 있습니다. 손님."

"아니, 없잖아요. 대체 어디에 있는 거예요?"

"없다면 다 팔린 겁니다."

"네?! 다 팔렸다고요?!"

"예. 요즘 손님들이 엄청나게 와서… 정말 죄송합니다. 빠른 시일 안에 제품을 들일 수 있도록 하겠습니다. 이미 몇 배에 이르는 수량을 주문했습니다. 죄송합니다."

"아, 정말, 새벽부터 기다렸는데……!"

새벽부터 줄을 서면서 매장이 열리기를 기다렸다.

그러나 오랫동안 고생하면서 기다린 보람이 없었다.

보람이 없을수록 사람이 가진 도전 욕구만 높아질 수밖에 없었다.

더 긴 줄이 늘어섰고 더 많은 호기심이 일어날 수밖에 없었다.

가세 재생기를 구입한 사람들이 크게 기뻐했다.

"샀다! 이걸로 집에 가서 태양과 은월의 노래를 들으면 되는 거야! 크하하!"

마치 보물을 캔 것인 양 제품이 담긴 상자를 안고 집에 갔다.

그리고 설명서를 읽으면서 전선을 꽂고 가세를 삽입해서 노래를 재생했다.

태양과 은월의 노래가 가정집에서 울려 퍼졌고 노래를 듣는 사람들은 더더욱 조선에 빠져들기 시작했다.

조선을 향한 찬양이 그칠 줄 몰랐다.

"정말 최고야! 그저 부강한 것으론 모자라서 이런 것까지 만들어 내다니 말이야! 고려야말로 모든 게 완벽한 나라야!"

친구와 가족에게 설파하면서 조선이 세상을 이끄는 최고의 나라라고 말했다.

그리고 가세로 듣는 노래가 레코드판으로 듣는 노래보다 음질이 뛰어나고 가사가 잘 들린다고 소문을 퍼트렸다.

날이 지날수록 가세 재생기의 주문량이 폭발적으로 늘어
날 수밖에 없었고 어느덧 조선 홀로 생산량을 감당하기 힘
들어졌다.

장성호가 기쁨에 찬 목소리로 성한에게 통신기를 통해서
말했다.

"대박입니다! 주문량이 너무 많아서 이례적으로 공장을
24시간 가동시키고 있습니다! 교대생산을 위한 계약 생산
직 직원을 계속 구하고 있습니다!"

─미국에서도 조만간 생산이 이뤄질 겁니다. 이번에 금
성전자와 남강전자로부터 면허 생산권을 얻었습니다. 생
산이 이뤄지면 절반의 수익이 조선으로 향할 겁니다.

"정말 카세트테이프로 엄청난 국부를 모을 것 같습니다.
하하하."

정규직보다 임금이 비싼 계약직이었다.

구직하는 사람이 아닌 기업이 다급해서 구하는 것이었기
에 나라 법으로 계약직은 정규직 일당보다 5할 이상의 임
금을 더 받을 수 있었다.

대신 바로 현장에 투입되어서 제몫을 해낼 수 있어야 했
다.

조선에 지어진 공장이 쉴 새 없이 가동되었다.

가세와 재생기로 축음기 일색이었던 음악 시장을 완전히
뒤바꿔 버렸다.

태양과 은월의 노래를 듣기 위해선 반드시 가세 재생기

를 사야만 들을 수 있었다.

　조선의 문화와 산업이 서로 협력함에 장성호와 성한은 크게 기쁠 수밖에 없었다.

　온 세계가 주목하고 있는 것을 알았다.

　"연말에 음악시상식이 열립니다. 그리고 태양과 은월이 수상 받을 가능성이 매우 큽니다. 양 사장이 키워낸 가수들이 참여한다면 전 세계 기자들이 모여서 시상식을 취재하려고 할 겁니다. 우리 시상식을 세계 제일로 만들어야 합니다."

　장성호가 말했고 성한은 언론도 도와줘야 한다고 말했다.

　—뉴월드타임스로 힘을 실어주겠습니다. 판을 잘 깔아주시기 바랍니다.

　"감사합니다. 과장님."

　연말에 전 세계 신문사와 방송사 기자들이 조선에 올 것이라고 생각했다.

　태양과 은월이 참가하는 시상식을 주목하고, 동시에 세계 영화 산업을 선도하는 조선의 영화제도 취재할 것이라고 여겼다.

　그리고 두 사람의 예상은 그대로 들어맞았다.

　12월이 되었을 때 갖은 시상식이 준비되었고 여객기를 통해서 무수한 외국의 기자들이 조선으로 입국했다.

　영화제 시상이 이뤄지는 가운데 전 세계 영화를 휩쓰는 연출가와 배우가 모습을 드러냈다.

위대한 작전에서 안중근 역을 맡았던 종덕이 새 영화를 찍고 주연을 맡았다.

그가 남우주연상 후보에 올랐고 시상대 위에 오른 태성이 남우주연상 시상자가 누구인지 확인했다.

뜸을 들이면서 사람들에게 기대감을 안겨줬다.

"남우주연상입니다! 아버지의 김종덕! 축하합니다!"

의자에 앉아 있던 종덕이 믿어지지가 않아 주위 사람들에게 자기가 맞냐고 물었다.

그리고 맞다는 대답을 몇 번이나 듣고 나서야 환하게 웃으면서 자리에서 일어났다.

태성이 있는 시상대로 향한 뒤 남우주연상 상패를 받고 크게 함성을 질렀다.

눈시울을 붉히면서 환호하는 관객과 배우들 감독들에게 소감을 말했다.

"정말 5년 전만 해도 이 자리에 서게 되리라고는 생각해 본 적이 없습니다. 절 영화배우로 만들어 주신 이태성 사장님. 그리고 절 도와주셨던 배우 여러분들, 연출자 여러분들, 그리고 절 낳아주시고 모진 고생을 하셨던 어머니께 이 영광과 감사를 돌립니다. 정말 감사합니다."

기자들이 사진을 찍었고 촬영기로 영상을 촬영했다.

태성이 상을 받는 모습은 조선과 이웃나라인 일본과 중국과 초나라에서 영출기로 볼 수 있었다.

다만 미국과 유럽에서는 녹화 방송으로 봐야 했기에 며

칠 기다려야 했다.

조선의 영화 시상식인 '백호영화제'가 끝난 다음 날, 연말 축제와 시상식은 그칠 줄 모르며 계속 되었다.

이희가 정무를 마치고 집옥재에서 영출기 시청을 했다.

곁에 민자영이 있었고 장성호와 김인석이 있었다.

"이제 은월의 무대가 끝났으니, 이제 태양의 무대인가?"

"예. 폐하."

"참으로 기대되는군. 달 걷기라는 춤을 짐이 처음 봤을 때의 충격이 아직도 가시지 않는다. 다시 보고 또 봐도 그 춤이 너무나도 신기하다."

"신도 그렇습니다. 100년이 지나고 200년이 지나도 후손들이 기억할 춤일 겁니다."

영출기에서 태양이 모습을 드러냈다.

태양은 노래를 하면서 춤을 췄고 그들을 상징하는 달 걷기 춤을 보였다.

시상식을 관람하게 된 관객이 열광했고 나이 지긋한 태양의 선배 가수들도 탄성을 터트리면서 그들이 모든 사람들에게 인정받고 있음을 보여줬다.

시간이 지나 시상이 이뤄졌고 양성훈은 최우수기획자 상이라는 상을 받았다.

그 상은 우수한 가수를 양성해낸 사람에게 수여되는 상이었다.

최우수상을 은월이 받았고 영예의 대상은 오직 한 가수

로 점쳐졌다.

 문화체육관광부대신인 이상재가 시상을 맡았다.

 [가요대축전. 영예의 대상입니다. 올해 혜성 같이 나타
나서 조선과 세계를 뒤흔든 4인조 가수입니다. 태양입니
다.]

 [와아아아~!]

 시상식에 참여한 모든 사람들이 환호했고 함성을 질렀다.

 자리에 앉아 있던 네명의 청년이 환하게 웃으면서 일어
섰다.

 시상대로 나가 상패를 받고 민석이 마이크를 붙들고 울
면서 소감을 말했다.

 [지금도 옛날 생각이 납니다. 양성훈 사장님께서 저희들
에게 가수를 시켜주시겠다고 했을 때 저희 스스로도 확신
을 갖지 못했습니다. 하지만 사장님께서 노래를 부르는 법
과 춤추는 법을 알려주시고, 저흴 좋아해 주시는 분들에게
어떤 예의를 지켜야 하는지도 알려주셨습니다. 양 사장님
은 참된 스승님이십니다. 그리고 저희가 천민으로 업신여
김을 받지 않도록 나라를 만들어주신 폐하의 황은에 감사
드립니다. 저흴 도와주신 모든 분들, 부모님, 관객 여러분
께 감사드립니다.]

태양의 대상 수여 소감이 온 동양에 방송되었다.

또한 자기선에 녹화되면서 미국과 유럽에도 전해졌다.

가요대축전이 있은 지 며칠이 지나고 나서야 미국과 유럽에서 영출기 방영이 이뤄졌다.

이미 신문을 통해 누가 상을 탔는지 알고 있었다.

그럼에도 은월과 태양이 상을 받는 모습을 직접 보고 싶어 했다.

영국의 귀족 소녀가 친구들과 함께 영출기 앞에 앉아서 눈물을 흘렸다.

"흐흑… 흑…! 우리 오라비가 대상을 탔어… 정말 기뻐……."

"그래… 엘런… 나도 오라비들이 상을 타서 너무나 행복해……."

"흐흐흑……."

전 세계 소녀들이 부둥켜안고 눈물을 흘렸다.

조선의 음악과 춤이 세상을 지배하기 시작했다.

며칠 동안 언론에서 태양과 은월에 대한 이야기가 다뤄졌다.

두 가수 집단이 조선에 머물면서 세계 방송국의 음악 방송에서는 그들의 빈자리가 크게 느껴졌다.

배불뚝이 아저씨가 조선에서 구입한 마이크 선을 얼굴 옆에 붙이고 허리를 흔들면서 전보다 격하게 춤을 췄다.

하지만 태양과 은월이 없는 음악 방송에는 사람들의 관심이 뚝뚝 떨어질 수밖에 없었다.

그런 도중에 태양과 비슷한 복장을 한 가수가 무대 위로 올라왔다. 그는 백인 가수였다.

[여러분, 혹시 폴 허드슨을 기억하십니까? 허드슨이 이번에 새로운 바다라는 예명으로 여러분들을 찾아뵙습니다. 바다의 사랑입니다.]

영어가 아닌 조선말로 바다였다. 그리고 사랑이라는 말도 '러브'가 아닌 '사랑'이었다.

조선말로 예명을 쓰고 조선말로 된 노래 제목으로 노래를 불렀다.

영어로 부르던 와중에 조선말로 된 가사를 섞어서 넣고 촬영기 너머 시청자들의 호응을 이끌어내려고 했다.

영출기를 보던 소녀들이 인상을 찌푸렸다.

"세상에, 허드슨이잖아? 그런데 이상해."

"꼭 태양을 따라하는 것 같아."

"태양에 비해서 춤도 엉성하고 노래도 이상하잖아. 봐. 숨을 헐떡이고 있어."

"태양을 따라하다니. 실력이라도 따라준다면 얼마나 좋아."

1년 전만 하더라도 콧수염을 기른 채 머리카락에 무스를 잔뜩 바르고 양복 차림으로 정중하게 노래를 불렀던 가수였다.

그 시절에 수많은 사람들로부터 실력이 있다고 칭찬을 들었다.

향후 미국의 가요계에 빛을 낼 스타가 될 것이라는 말도 들었다.

그랬던 가수가 이제는 헐렁한 바지를 입고 나인기 운동화를 신고서 춤을 추고 노래를 불렀다.

팔 다리를 휘저으면서 절도 있는 모습을 보이려고 했지만 격한 춤에 숨이 가빠지고 있었고 그가 자신 있어 하던 노래마저도 흐트러졌다.

그럼에도 바다라는 예명을 쓰는 허드슨은 끝까지 자신 있게 불렀다.

그의 머릿속에 승부수가 띄워져 있었다.

'앞으로는 댄스 가수야! 노래를 부르는 것만으로는 못 살아남아! 지금부터라도 변해야 돼!'

태양과 은월에 이어서 사람들이 선망하는 세상 속으로 몸을 던졌다.

노래가 끝나자 축하를 받으면서 무대 뒤로 향했다.

자신을 돕는 매니저에게 무대가 어땠는지 물었다.

"어때? 잘했어?"

매니저가 허드슨을 칭찬했다.

"잘했어. 태양처럼 춤을 췄어."

"정말?"

"정말이야. 그러니까 순위 발표가 있을 때까지 잠시 쉬어."

매니저를 맡은 형의 격려에 허드슨이 미소를 지었다.

그리고 대기석에 앉아서 기다리며 순위 발표가 이뤄지기를 기다렸다.

바다로 예명을 쓰면서 첫 출연한 것이었기에 그리 순위가 높지 않으리라고 생각했다.

잠시 후 순위 발표가 이뤄지고 허드슨은 21위라는 성적을 받아들게 됐다.

다음번엔 더 잘할 것이라고 생각했다.

"좋아. 21위야. 다음 주엔 10위 대에 들어가는 거야."

"그래. 형."

댄스곡으로 장밋빛 전망을 바랐다.

하지만 다음 주 음악 방송에서 허드슨은 24위를 차지하고 그 다음엔 30위 밖으로 완전히 밀려났다.

3주차에는 아예 무대 위에 서지 못했다.

차를 타고 집으로 향하면서 허드슨이 형과 함께 이야기했다.

"대체 뭐가 문제지?"

"……."

"대세는 댄스 가수잖아. 춤을 추면서 노래를 불렀는데 대체 뭐가 문제야?"

동생의 이야기를 듣고 형인 매니저가 이야기했다.

"처음에는 나도 그렇게 생각했는데 나중에 다른 이야기를 들었어."

"어떤 이야기를 말이야?"

"네가 태양을 너무 따라한다고 말이야."

"……."

"이제는 고려의 댄스 가수가 세계 음악을 주도하고 있는 것은 맞지만, 그걸 따라가면서도 네게 맞는 방법을 찾아야 할 것 같아. 누군가 너에게 조언해줄 사람이 있어야 한다고 생각해."

형의 이야기를 듣고 허드슨이 곰곰이 생각했다.

그는 어렸을 때부터 노래를 부르는 것에 있어서 천재라 불려 왔다.

굵으면서도 긁히는 목소리를 지니고 있었고 어떻게 노래를 부르든지 맛깔나게 부를 수 있는 소질을 지니고 있었다.

생각하다가 형에게 말했다.

"고려에 가야겠어. 아무래도 그곳에 가야 내 길을 찾을 수 있을 것 같아."

옛 방식 그대로 유지하는 것이 길이 아니었다. 앞으로 걸으면서 나아가는 것이 길이었다.

다음 날, 활동 중단을 선언하고 조선으로 향하는 여객기에 몸을 실었다.

재능을 인정받았던 전도유망한 미국의 가수가 자신의 꿈을 위해 조선으로 향했다.

이방인이 꿈을 안고 조선으로 향하다

장성호가 성훈을 만나 외국의 상황을 알려줬다.

연말을 보내고 새해를 막 맞이했을 때였다. 창문 밖으로 하얗게 눈이 내리고 있었다.

"연말 시상식을 본 외국인들의 반응이 보고되었네. 하나 같이 태양과 은월이 상을 받은 것을 축하하고 기뻐하고 있다고 하더군. 아무래도 자넨 아이돌보다 기획사 사장에 더 재능이 있는 것 같네."

"저도 뒤늦게 알았습니다."

"앞으로 더 많은 가수들을 키워보세."

"예. 특무대신."

희소식이 끊이지 않고 들려왔다.

미국과 유럽으로 보내진 시상식 녹화 영상을 통해서 전 세계가 태양의 대상 수상 소식에 열광했다.

그리고 은월에 대해서도 축하의 말을 전해왔다.

성훈으로부터 태양과 은월이 한번 더 세계 공연을 벌일 것이라는 이야기를 들었고 축배를 올리면서 그 공연이 성공적으로 이뤄지기를 기원했다.

다음 날 성훈이 회사에 출근했다.

아우들을 타고 회사 앞에서 내렸을 때 서성이고 있는 두 명의 백인을 발견했다.

그를 흘겨보고 회사 건물 안으로 들어갔다.

정확히는 들어가려고 할 때였다. 백인이 와서 성훈에게 말을 걸었다.

"사장님."

영어를 쓰는 사람들 특유의 조선말 억양이었다.

성훈이 슬쩍 보자 두 사람이 허리를 굽히면서 조선식으로 인사했다.

앞을 기획사 직원들이 가렸다.

"괜찮습니다. 뒤로 물러나세요."

"예. 사장님."

경호원들을 뒤로 물렸다. 그리고 성훈이 앞에서 자세를 낮추고 있는 두 백인에게 다가갔다.

두 사람에게 자신에게 용무가 있는지를 물었다.

"제게 하고 싶은 말이라도 있습니까?"

통역원이 성훈의 말을 통역했다.

그 말을 듣고 백인 중 한 사람이 자신과 옆에 선 사람이 누구인지 알려줬다.

자기소개가 매우 중요했다.

"저는 미국에서 폴 허드슨이라는 이름을 가진 가수입니다. 그리고 옆의 사람은 저의 형이자 매니저를 맡고 있는 닉 허드슨이고요. 사장님을 뵙기 위해서 고려까지 찾아왔습니다."

소개를 듣고 성훈이 움찔하면서 놀랐다. 그리고 폴 허드슨에게 물었다.

"절 만나기 위해서 왔다고요? 어째서 말입니까?"

이내 대답을 들었다.

"저도 태양 같은 가수가 되고 싶습니다. 제게 춤추는 법을 알려주십시오. 부탁드립니다."

허드슨의 말에 성훈이 다시 한번 더 놀랐다.

그리고 기억을 더듬다가 그가 누구인지 뒤늦게 알게 됐다.

미국 가수 중에 어린 나이에 재능을 인정받았던 가수가 있었다.

"아, 기억나는군요. 혹시 작년에 뉴욕 음악 축제에서 3위를 차지하지 않았습니까?"

"예! 맞습니다! 사장님!"

"그런데 제게 춤을 배우고 싶다, 이 말입니까? 태양 같은 가수가 되기 위해서?"

"그렇습니다!"

"굳이 태양 같은 가수가 될 필요가 있겠습니까?"

"예……?"

"그래도 한 나라에서 당당히 실력을 인정받은 가수인데 제가 무엇을 가르쳐 줄 수 있을지 의문입니다. 미리견에서 하던 대로 하시는 것이 나을 것 같습니다."

허드슨에게 말하고 성훈이 몸을 돌리고 다시 사옥으로 들어가려고 했다.

다시 허드슨이 앞을 가로막았다.

"제발 가르쳐 주십시오! 제가 선생님으로 모시겠습니다!"

"……."

"부탁드립니다!"

허드슨의 애원에 성훈이 잠시 고민하는 듯한 모습을 보였다.

그러나 끝내 그를 무시하고 사옥으로 다시 향했다.

그의 옷자락을 허드슨이 만지려고 하자 경호원들이 허드슨을 밀치면서 성훈으로부터 떨어뜨렸다.

결국 성훈은 사옥으로 들어갔고 허드슨은 허탈하게 입구 앞에 섰다.

경호원이 통역원의 힘을 빌려서 말했다.

"돌아가시오. 사장님 말씀을 들어보니 미리견에서 성공한 가수인 것 같던데⋯ 굳이 조선에서 이럴 필요는 없을 것 같소. 돌아가시오."

그 말을 듣고 허드슨이 한숨을 푹 쉬었다.

곁에 있던 닉이 허드슨의 어깨 위로 손을 올렸다.

"돌아가자. 아무래도 양 사장은 널 가르쳐 줄 생각이 없을 것 같아."

형의 말에 허드슨이 고개를 가로저었다.

"아니야. 이대로 돌아갈 수 없어. 어떻게 온 고려인데⋯ 이곳에서 양 사장이 나올 때까지 기다릴 거야."

태양을 보게 됨으로써 조선의 문화와 역사에 대해 알게 된 것이 있었다.

조선을 포함한 동양에서는 뭔가 반드시 해야 할 일을 할 때 무릎을 꿇고 결의를 보여주는 것이 있었다.

그 정성을 허드슨이 보여주려고 했다.

보도가 깔린 차가운 돌바닥 위에 꿇고 앉아서 성훈이 나오기를 기다렸다.

그리고 닉이 한숨을 쉬며 옆에서 함께 무릎을 꿇었다.

지나가는 사람들이 쳐다보고 그 모습을 놓치지 않는 기자들이 사진기로 허드슨과 닉을 찍었다.

사옥 문 앞을 지키던 경호원이 참다못해 두 사람에게 가서 소리쳤다.

"대체 뭐하는 짓이오? 물러나시오!"

팔을 붙들었고 몸싸움이 일어났다.

"절대 못 비킵니다!"

실랑이가 일어나면서 소란스러워졌다.

성훈의 비서가 사장실로 와서 급히 보고했다.

"아까 전에 사옥에 오실 때 보셨던 두 미리견인 말입니다. 무릎을 꿇고 버티고 있었는데 경호원들이 쫓아내려다가 몸싸움을 벌이고 있습니다. 지금 바로 경찰을 부르겠습니다."

비서의 보고에 성훈이 고개를 가로저었다.

"아닙니다. 부르지 마십시오."

"하지만 사장님. 사람들이 보는 눈이⋯⋯."

"우리도 창피하지만 그 두 사람에겐 오죽하겠습니까? 한번 지켜봅시다. 언제까지 기다리는지 말입니다. 저는 두 사람의 간절함을 시험해볼 겁니다."

경호원들에게 말해서 두 사람을 내쫓지 말고 언제까지 그 자리에 있나 알려달라고 말했다.

부사장은 성훈의 의도를 알아차렸다.

만약 실망해서 돌아갔다면 그대로 끝났을 일이었다.

허드슨과 닉과 몸싸움을 벌이던 경호원들이 급히 지시를 받았다.

"사장님 지시오. 그대로 두라 하셨소."

"정말입니까?"

"그렇소."

"알겠습니다……."

더 이상 허드슨을 쫓아내려하지 않았다.

옷매무새를 가다듬고 씩씩거리던 허드슨과 닉을 노려본 뒤 제자리로 돌아갔다.

허드슨은 사옥에서 나온 직원에게 물어보려고 했다.

"잠깐만요!"

직원이 무시하고 안으로 들어갔다.

조선말을 조금 알아들은 허드슨은 경호원들이 물러난 이유가 성훈의 지시라는 것을 알게 됐다.

그리고 눈치를 보다가 다시 무릎을 꿇었다.

그 자리에서 성훈이 나오기를 계속 기다렸다. 하늘에서 눈이 떨어지기 시작했다.

"으… 추워……."

어찌나 추운지 길을 지나는 사람들이 외투를 입은 상태에서 자신의 두 팔로 몸을 끌어안았다.

허드슨과 닉은 떨어지는 눈을 그대로 맞으면서 버텼다.

손이 빨갛게 변했고 어깨에 머리와 어깨에 하얀 눈이 쌓이기 시작했다. 낮에 떨어지는 눈이 녹지 않을 정도로 추위가 매서웠다.

해가 인왕산에 걸치자 기온이 급속도로 떨어지기 시작했다. 안 그래도 추운데 밤 기온은 그야말로 혹한이 따로 없었다. 벌벌 떨면서 계속 버텼고 배에서 꼬르륵 소리를 내면서 저녁 시간도 그냥 지나쳤다.

가로등 불빛이 켜지고 그 앞으로 눈보라가 치는 것이 보였다. 밤 9시쯤이 됐을 무렵에 사옥의 문이 열리면서 성훈이 모습을 드러냈다.

함께 나온 부사장이 정문 옆에 무릎을 꿇은 두 사람을 보면서 말했다.

"사장님. 아직도 있습니다."

"……."

성훈이 발걸음을 옮겼다. 그리고 눈을 맞으며 벌벌 떨고 있는 허드슨 앞에 섰다. 형인 닉도 함께 있어서 두 사람을 내려다보는 성훈의 시선이 어느 때보다도 진중했다.

빵모자를 눌러쓰고 두 사람에게 물었다.

"그렇게 제게서 배우고 싶습니까?"

통역원의 말에 허드슨이 대답했다.

"예… 예……."

말이 쉽게 나오지 않았다. 그만큼 몸과 입술이 얼어 있었다. 성훈이 미소를 보였다가 지우면서 말했다.

"좋습니다. 이 정도면 뭘 시켜도 다 받아들이겠군요. 무시해서 여기서 얼어 죽는 것보다는 나을 것 같습니다. 일어나십시오."

성훈이 손을 내밀자 그 손을 본 허드슨이 잡고 일어섰다. 이미 그의 손에서 온기는 추위로 지워진 상태였다.

닉도 따라 자리에서 일어났다.

성훈이 직원들에게 지시했다.

"따뜻한 차와 외투 좀 가지고 오십시오."

"이미 가지고 왔습니다. 사장님."

"이 두 사람에게 차를 주고 외투를 주십시오. 이대로면 독한 감기에 걸릴 것 같습니다."

직원들이 미리 준비해온 차를 두 사람에게 대접했다.

그리고 따뜻한 외투를 주면서 입게 했다.

차를 마시고 외투를 입은 두 사람은 성훈에게 허리를 굽히면서 감사의 뜻을 전했다. 그러자 성훈이 물었다.

"묵는 곳은 따로 있습니까?"

"숙소를 마련하긴 했습니다만… 내일까지입니다……."

"그렇다면 앞으로 사옥의 숙직실을 쓰는 게 어떻겠습니까? 당분간은 말입니다. 그리고 회사의 연습실도 빈 시간을 전제로 쓸 수 있도록 하겠습니다."

"그 말씀은……."

"있는 그대로입니다. 좀 더 지켜보겠습니다. 제가 가르칠 수 있는 재목인지, 아닌지 말입니다 몇 가지 시험도 치러보고 말입니다. 숙소로 가서 쉬었다가 내일 아침에 회사 사옥으로 오기 바랍니다."

할 말을 하고 걸음을 옮겼다. 허드슨이 물어볼 것이 많아 성훈을 불렀지만 무시당했다.

하지만 절대 기분 나쁘지 않았다.

그저 감사함에 자연히 허리를 숙이게 됐다.

"감사합니다! 사장님!"

허드슨과 닉의 감사를 받으면서 성훈이 차에 올라탔다.

다음 날 숙소에서 잠을 이룬 두 사람이 일찍 짐을 싸고 사옥으로 와서 직원의 안내를 받았다.

숙직실에 짐을 풀고 사장실로 들어왔다. 두 사람을 다시 만난 성훈이 손을 내밀면서 악수를 했다.

"짐은 풀었습니까?"

"풀었습니다. 사장님."

"좋습니다. 그러면 어디 시험을 보도록 할까요?"

"예."

"사옥에서 나가보도록 합시다."

시험을 본다는 말이 있었기에 미리 진지하게 그것을 준비했다. 그러나 사옥에서 나간다는 말을 듣자 허드슨의 생각이 꼬였고 연습실에서 하지 않는지 물었다.

성훈은 연습실에선 연습만 하는 것이라고 말했다. 정말 필요한 것을 허드슨으로부터 찾을 것이라고 말했다.

그리고 나가던 중에 사람 한명을 불렀다.

"민석아. 바쁘냐?"

"아닙니다. 사장님."

"그러면 같이 가자. 옷 챙겨 입고 나와."

"예!"

태양의 중심을 잡고 있는 천민석이 나온다는 말에 허드슨과 그의 형인 닉의 눈동자가 커질 수밖에 없었다.

민석에게 거의 엎드려서 절할 뻔했다.

민석은 허드슨과 닉에게 만나서 반갑다고 말했다.

네 사람이 사옥 밖으로 나가 차를 타고 움직였다.

그리고 조선에서 막 유행하고 있는 새로운 문화를 접했다. 성훈이 허드슨에게 말했다.

"노래방입니다."

"노래방이요?"

"예. 여기서 시험을 볼 겁니다."

종로에 위치한 조선에서도 상류층이 드나드는 건물 2층에 노래방이 있었고 성훈은 통역원을 대동한 채 허드슨과 닉과 함께 들어갔다.

민석은 모자와 색안경을 쓰고 두건으로 입을 가린 채 안으로 들어갔다.

넓은 방 한쪽에 큰 기계가 설치되어 있었다.

다른 방에서 사람들이 노래를 부르는 것이 들렸다.

허드슨과 닉은 쭈뼛거리면서 의자 위에 앉았다.

성훈이 두 사람에게 말했다.

"한시간 결제했으니 그 시간 동안 노래를 마음껏 부를 수 있습니다. 여기 100개의 단추가 있는데 이 단추를 누르고 재생 단추를 누르면 반주가 나올 겁니다. 그러면 반주에 맞춰서 노래를 부르면 됩니다."

자기선을 이용하는 기물이었다. 100개의 가세와 재생기가 기계 안에 탑재되어 있었고 영출기에서 영상이 계속 나오고 있었다.

단추를 누르면 그 단추에 해당하는 노래의 반주와 영출기 영상이 나오도록 되어 있었다.

성훈이 먼저 허드슨에게 선곡하라고 말했다.

100개의 곡이 쓰여 있는 표를 보고 허드슨이 태양의 노래를 부르려고 했다.

알고 있는 노래가 몇 개 없었다.

단추를 누르고 노래가 나오자 허드슨이 진실을 부르면서 춤을 추기 시작했다.

도중에 성훈이 재생을 중단시켰다.

"이거, 안 되겠네."

"예?"

"노래방에 와서 그런 식으로 부르면 욕먹습니다. 안 되겠다. 민석아. 니가 나서봐라."

"예! 사장님!"

성훈이 민석에게 노래를 시켰다.

그러자 민석이 선배들의 노래를 틀면서 마이크를 온군데다 끼우고 흐느적거리면서 춤을 추기 시작했다.

그 모습이 정말로 기괴했다. 그리고 보는 것만으로도 웃음이 차고 넘쳤다.

민석이 목에 핏대를 세우면서 열창했다.

"그대의 입술이~! 나를 두근거리게 해~"

"옳지! 잘 꺾는다! 노래방에 오면 이렇게 노래를 불러야 합니다. 이걸 두고 끼라고 부르는 겁니다."

"끼……."

"제가 원하는 것은 바로 끼입니다."

방안이 형형색색의 불로 채워졌다. 그 안에서 민석이 손가락을 튕기면서 노래를 부르고 있었다.

그것은 허드슨이 생각하는 이상적인 가수와 많이 달라 있었다. 오히려 예전의 자신을 보는 듯한 느낌이었다.

그리고 자신의 생각이 깨어지는 것을 느꼈다.

곁에 앉아 있던 닉의 얼굴을 쳐다봤다.

"형……?"

"……."

닉이 생각에 잠겨 있었다. 그는 노래방에 왔을 때부터 기계와 마이크, 반주를 선곡할 수 있는 단추 등을 보고 있었다. 그리고 옆방에서 들리는 사람들의 노래 소리에 귀를 기울였다.

허드슨이 자신의 꿈을 위해서 달려가는 동안 그는 새로운 목표를 찾고 있었다.

'이걸 미국에서 한다면 크게 성공할 거야! 어떻게 이걸 생각하지 못했지?!'

닉의 눈빛이 번뜩였다. 그리고 그 상태로 허드슨의 시험을 지켜보고 노래방에서 나왔다.

방에서 나올 때 점주에게 궁금한 것을 물었다.

"이런 걸 차리려면 어떻게 해야 합니까?"

"예……?"

영어로 말하자 알아듣지 못해 성훈의 통역원으로부터 힘을 빌렸다. 통역을 듣고 나서야 점주가 무슨 말인지 알고 알려줬다.

그 모습을 성훈이 지켜봤다. 닉에게 무슨 생각으로 물었는지 묻고 대답을 들었다. 다음 날 총리부에서 성훈은 장성호를 만나 어제 있었던 일을 말했다.

"이번에 미국에서 폴 허드슨이라는 가수가 왔습니다."

"뭐 때문에 말인가?"

"제게 노래와 춤을 가르쳐 달라고 말입니다. 밤늦게까지 눈을 맞으면서 무릎 꿇고 애원해서 노래방에서 테스트를 하고 당분간 시험해 보기로 했습니다. 노래에는 꽤 소질이 있는 것 같습니다. 그리고 닉 허드슨이라는 매니저이자 형인 사람이 있는데 노래방에 꽤 관심을 보였습니다. 아무래도 미국에서 사업하기를 원하는 것 같습니다."

성훈의 말에 장성호가 피식했다. 닉이 생각하기 전에 이미 생각해둔 것들이었다. 그가 성훈에게 말했다.

"안 그래도. 노래방 사업을 통해서 계획한 것들이 있는데, 닉이라는 그 사람은 사업적으로 감각이 있는 모양이군."

"동생에게 우리 노래와 춤이 대세가 될 것이라고 말한 적도 있었다고 합니다. 그래서 동생이 여기까지 온 겁니다. 형이 생각보다 현명합니다."

다시 성훈의 이야기를 듣고 장성호가 말했다.

"미국에 노래방을 진출시키고 나면 한자리 맡겨보는 것도 나쁘지는 않겠군. 본인이 원한다면 말이야. 그리고 우리가 아는 노래방처럼 수천 곡을 부를 수 있는 것은 아니지만 100곡 정도만으로도 크게 흥행할 거야."

"예. 특무대신."

"차후에 컴퓨터가 개발되고 하드디스크와 같은 저장매체가 개발되면 노래방을 더욱 발전시켜서 세계를 우리 문화에 빠트려 보세. 그리고 허드슨이라는 그 친구를 잘 키워주게. 어쩌면 그로 인해서 더 좋은 일이 생길 테니 말이야. 그가 조선에 있음으로 우리가 세상의 중심이라는 것을 증명할 것이네."

앞으로의 계획을 듣고 당부를 들었다.

성훈이 장성호에게 인사하고 총리부 밖으로 나갔다.

그리고 조선의 노래를 통한 새로운 사업이 펼쳐지기 시작했다.

* * *

장성호가 조선의 한 상인을 총리부로 불렀다. 그의 이름은 민강이었다.

"부르셨습니까? 특무대신?"

30대 중반의 젊은 기업인이었다.

그는 사람을 살리는 물이라는 뜻의 음료를 개발해서 자

수성가한 인물이로 미래가 창창한 사람이었다.

그리고 인성도 매우 바른 인물이었다.

그에게 장성호가 종이 한 장을 건넸다.

"뭡니까? 이것은?"

"폐하께서 내어주시는 내탕금입니다."

"예?"

"이 수표를 가지고 은행에 가시면 민 사장 회사로 돈이 입금 될 겁니다. 그 돈으로 미리견의 회사 하나를 인수합시다."

"어떤 회사를 말입니까?"

"거품이 올라오는 검은 단물을 파는 회사 말입니다. 각성 효과가 있는 음료를 파는 회사인데 민 사장의 회사와 궁합이 잘 맞을 겁니다. 그리고 노래방에 납품한다면 크게 수출할 수 있을 겁니다. 어떻습니까?"

장성호의 의견을 듣고 민강이 환하게 웃었다.

그 전에 이희가 지원해주는 내탕금이었다. 그가 대궐이 있는 방향을 향해서 큰 절을 올렸다.

"황은이 망극하옵니다! 폐하!"

그리고 수표를 받아들었다. 은행으로 회사에 이희의 내탕금을 입금 시켰고 직접 미국으로 향해 인수 협상을 벌이기 시작했다.

코카의 잎과 콜라의 열매로 음료를 만드는 회사의 경영자는 '에이서 캔들러'였다. 그와 민강이 마주앉았다.

"우리 회사를 인수하고 싶다고?"

"그렇소. 우리가 당신네 회사의 주식 지분을 전부 인수할 거요."

"그렇게 해서 우리가 얻는 게 대체 뭐요?"

"더 많은 봉급, 더 많은 성과급, 상여금이오. 당연히 임직원들의 고용도 계속 유지될 거요. 또한 우리 회사가 날개가 되어 당신 회사의 상품을 팔아 줄 거요. 어떻게 생각하오?"

"……"

"캔들러 사장은 우리 회사의 임원이 될 것이오."

민강의 제안에 캔들러가 고민했다.

조선은 세계 최고의 강국이었고 민강의 회사는 전 세계에 자양강장제를 파는 회사였다.

그리고 캔들러는 그 위에 올라타고 싶었다.

더 많은 수익을 창출하고 더 많은 연봉을 받고 싶었다.

그는 애초에 콜라 음료를 개발한 사람이 아니었다.

'존 템버턴'이라는 사람이 콜라를 개발했고 캔들러가 판매권을 얻은 상태였다.

상품에 애착이 있거나 하지는 않았다. 그는 그가 원하는 최고의 가치를 위해서 결정을 내렸다.

"좋소. 대신 인수라는 단어 대신 협업이라는 단어를 써 주시오. 그렇게만 해준다면 인수를 허락하고 그쪽의 회사를 위해서 힘쓰겠소. 서로 좋은 방향으로 되었으면 좋겠소.”

“알겠소.”

주식 대부분을 캔들러가 쥐고 있었다.

그 주식의 일부와 회사 주식을 민강이 거둬들이면서 이제 싹을 틔우고 있는 미국의 음료 회사가 조선인의 손에 넘어갔다.

그 일은 미국 경제 신문의 한쪽 기사로 장식됐다.

이후 민강의 회사에서 캔들러가 소유하고 있던 콜라 음료를 생산하기 시작했다.

시험에 통과한 허드슨을 성훈이 가르치고 있었다.

그가 스승이 되면서 한달 동안 허드슨에게 춤과 노래를 가르쳤다. 그리고 한가지 결론을 얻었다.

민석을 포함한 네 청년을 가르칠 때만큼 미래가 그려지지 않았다. 때문에 원점에서 고민했고 결단을 해야 한다는 사실을 알았다. 그가 허드슨에게 제안을 했다.

“춤을 포기하는 게 어떨까?”

“예?”

“아니, 포기하기보단 태양 같은 춤을 추지 않는다는 거지. 대신 자네가 잘 하는 노래에 중심을 맞추고 무대의 방향을 바꿔보는 것일세. 어떠한가?”

“…….”

“댄스곡은 춤을 격하게 추면서 노래도 동시에 되어야 하는데 자네는 그게 잘 되지 않아. 태양이나 은월은 여러 명이 나눠서 부르지만 혼자서 모든 걸 소화해야 되네. 이럴 바에 자네가 잘하는 것을 중심으로 보여주는 것일세."

비보였다. 성훈의 말을 듣고 허드슨이 경직됐다.

그러나 이내 다시 의지를 불러 일으켰다.

"저는 태양과 같은 춤과 노래를 부르고 싶습니다."

그리고 면박을 들었다.

"그건 자네 고집일 뿐이지. 자넨 댄스곡을 부르고 싶은 것인가? 아니면 세계 최고가 되고 싶은가?"

"……?!"

"댄스곡을 부르고 춤을 추고 싶다면 굳이 이곳에 있지 않아도 얼마든지 될 수 있네. 하지만 자네가 세계 최고가 되겠다면 내가 얼마든지 만들어 줄 수 있어. 자네가 태양을 어째서 부러워하지? 세계 최고가 되기 위함이 아닌가? 태양과 같은 춤을 추면 그렇게 될 수 있을 거라고 생각했으니까. 하지만 내가 확신하건대 그건 절대 아니야. 관객에게 신선하고 멋지게 보인다면 어떤 식으로 노래를 부르든 최고가 될 수 있어."

"제가 하던 방식이 신선하겠습니까? 사람들이 늘 봐왔던 방식인데……."

"그래서 방향을 바꾸자는 것일세. 자네의 노래에 걸맞은 춤을 만드는 것이지. 조선말이 아닌 영어로 표현한다면 로큰롤이 되겠군."

"로큰롤……?"

"그것이 뭔지 알고 싶다면 내게서 배워보게. 내가 잘 가르쳐 줄 테니까. 그걸로 자네는 로큰롤의 황제가 될 것이네."

"……!"

성훈의 제안에 허드슨의 마음이 흔들렸다.

뒤에서 보고 있던 형이 동생의 어깨 위로 손을 올렸다.

"사장님 말씀을 따라."

"형…… ."

"너라면 세계 최고가 될 수 있을 거야."

"…… ."

닉의 격려에 허드슨이 마음을 정했다.

"알겠습니다… 그러면 사장님 말씀대로 해보겠습니다. 제게 로큰롤을 알려주십시오."

대답을 듣고 성훈이 미소를 지었다.

"자넨 최고가 될 거야."

"예. 사장님."

남들이 가보지 못한 길을 걷기 시작했다.

그것도 나쁘지 않을 것 같다는 생각이 들면서 최고를 향해 달리기 시작했다. 허드슨을 설득하고 성훈이 닉을 쳐다봤다. 그리고 그에게 손짓을 했다.

"할 말이 있습니다."

"아, 예. 사장님."

"뭐, 계속 조선에 있는 것을 봐서 미리견의 회사에 속한 것으로 생각되진 않는데…….”

“폴의 개인 매니저일 뿐입니다.”

“그렇다면 다행이고요. 그래서 허드슨씨에게 말씀드릴
것이 있는데, 미국으로 돌아가시는 것이 어떻겠습니까?”

“예……?”

“아, 내쫓는 것은 아닙니다. 저번에 허드슨씨가 노래방
에 대해서 질문했던 적이 있었죠?”

“있었습니다.”

“이번에 미국에 우리 노래방이 진출하려고 하는데 혹시
생각이 있으시다면 사업에 동참해보시는 게 어떨까 해서
말씀드리는 겁니다. 생각이 있으시다면 제게…….”

“있습니다! 있고말고요! 미국에 노래방을 세우고 싶습니
다!”

격하게 반응하면서 닉이 대답했다. 그의 대답에 성훈이
미소 지었다.

“좋습니다. 그러면 제가 이야기해보겠습니다. 원활한 사
업을 위해서 제대로 된 현지인이 필요합니다.”

“아아… 맙소사…….”

성훈의 이야기를 듣고 닉이 감격했다.

함께 듣고 있던 폴 허드슨도 웃으면서 기뻐했다.

“형. 축하해.”

“그래! 폴!”

“고려에 오니까 이런 일까지 생기네.”

"그러게 말이야. 하하하. 정말 오길 잘했어."

부둥켜안으면서 기뻐했다.

그리고 닉은 조선의 노래방을 미국에 퍼트린다는 막중한 임무를 맡게 되었다.

미국으로 돌아가서 뉴욕에서 노래방을 열 준비를 했다.

조선에서 각종 장비와 시설을 들이고 조선의 방식 그대로 편의를 제공하려고 했다.

뉴욕 복판에 노래방 1호점이 개점했다.

그 사실이 신문의 기사로 실리고 9시 뉴스까지 타게 됐다. 영출기에서 취재 영상이 나오고 기자의 목소리가 울려 퍼졌다.

[요즘 고려에서 놀라운 문화를 만들어내고 있는 노래방입니다. 한시간 결제로 노래를 자유롭게 부를 수 있고, 각 방마다 마련 된 기계 안에는 고려와 미국 음악협회가 제공한 100개의 가세가 탑재되어 있습니다. 단추를 누를 때마다 반주가 연주되면서 노래를 부를 수 있습니다. 각종 음료로 편의까지 더하면서 미합중국에 상륙한 고려의 놀이 문화가 제대로 정착 될 수 있을지 기대됩니다. 젠슨 기자였습니다.]

'한성 노래방'이라는 간판이 롱에이커스퀘어에 걸렸다.

영어가 아닌 조선글이 쓰여 있었음에도 많은 사람들이

그 글을 읽을 수 있었다. 특히 나이가 젊을수록 훈민정음이라 불리는 조선글을 어느 정도 읽을 수 있었다.

"노…래…방… 봐, 읽을 수 있지?"

"이야, 대단하다, 너."

"읽기 쉽다니까. 자음 모음만 잘 알면 조선글은 생각보다 쉬운 글이야. 마치 더하기 빼기 곱하기 나누기 수준이라니까. 적어도 읽는 것은 세계에서 가장 쉬운 글이야."

노래방이라 쓰여 있는 간판을 보고 그 앞에 줄을 서서 기다렸다. 뉴욕에 세워진 유일한 노래방이었다.

점주는 폴 허드슨의 형인 닉 허드슨이었다.

그가 기다리는 손님들에게 미안하다고 말했다.

"기다리게 해서 죄송합니다. 8번 방으로 모시겠습니다."

계속 남아 있는 손님들에겐 방이 없어서 입장이 불가능하다고 말했다. 방에 들어온 손님들이 마이크를 잡아보고 음질과 음향을 확인했다.

그리고 노래를 부르기 시작했다.

그 달에 사람들이 좋아하는 100개의 곡을 선정해서 노래방 기계에 가세가 탑재되어 있었다. 노래를 부르다가 잠시 나와서 음료를 주문을 할 수 있었다.

"음료를 살 수 있잖아?"

"처음 보는 음료들인데?"

"식혜? 콜라? 이거 무슨 맛인지?"

"마셔보면 알겠지. 한번 주문해 보자고."

계산대 옆의 냉장고를 보면서 음료를 골랐다.

그리고 가지고 가서 노래방 안에서 마셔보고 놀랐다.

기분 좋은 단맛이 입안에서 감돌았다.

"와! 이거 뭐야?"

"왜?"

"엄청 맛있잖아! 이거 고려에서 만든 음료지?!"

"그래."

"쌀로 만든 음료인 것 같아! 입안에 쌀이 씹혀. 그 음료는 맛있어?"

"톡 쏘는 맛이 있어서 엄청 개운해. 그래서 목이 상쾌해지는 기분이야. 어떻게 고려는 이런 음료를 만든 걸까?"

"나중에 다른 음료도 마셔봐야겠어!"

"그래!"

노래방도 노래방이었지만 거기서 파는 음료에 놀라고 매료되었다.

조선의 전통 음료인 식혜와 수정과가 있었고 과일향을 첨가한 각종 음료는 노래방에 온 사람들에게 새롭고 신선한 맛을 선사했다.

무엇보다 탄산이 올라오는 단물음료는 충격에 가까울 정도였다. 콜라를 비롯해 '환상'이라는 이름을 단 오렌지 맛 탄산음료, '사이다'라는 이름을 단 음료까지 있었다.

본래 과일주를 상징하는 사이다는 조선에서 만들어지면

서 무채색 탄산음료로 알려지기 시작했다.

노래방에서 맛보고 그 맛을 잊지 못했다.

닉이 운영하는 노래방은 뉴욕에서 큰 성공을 거뒀다.

곧바로 2호점을 준비했고 순풍을 탄 범선처럼 앞으로 항진하기 시작했다. 그 이야기가 장성호에게 전해지고 다시 성한에게 전해졌다.

장성호로부터 이야기를 들은 성한은 이미 알고 있다고 말했다. 무엇보다 미국에서 벌어지는 일이었다.

—직접 가서 봤는데 대박은 대박입니다. 노래 한번 불러볼 거라고 100미터 넘게 줄을 서서 기다릴 줄 누가 감히 상상이나 했겠습니까? 줄 서는 바람에 오히려 노래방에 가고 싶어 하는 사람들만 늘어났습니다.

"카세트로 반주가 나오게끔 해서 모양만 냈을 뿐인데 그렇게 모일 줄은 저도 몰랐습니다. 덕분에 미국에서 노래방이 제대로 번질 것 같습니다. 카세트와 노래방 설비 등을 수출할 수 있을 것 같습니다. 미국과 마찬가지로 유럽에도 진출시켜 보려고 합니다."

—동시에 우리 음료도 팔고 말입니다.

"노래방을 통해서 입소문을 내고 이제 본격적으로 팔 때가 온 것 같습니다."

—미국에서 대량판매를 하고 유럽으로 진출합시다.

"예. 과장님."

이희가 대주주로 있고 성한이 대리하는 유통업체가 있었

다. 유통업체의 이름은 'A마트'로 A마트에선 미국인이 필요한 거의 모든 생필품과 먹거리 등을 찾고 구입할 수 있었다.

노래방을 통해, 혹은 월드컵을 통해, 또는 영화 등을 통해서 알려진 조선의 음료가 있었다.

그 음료가 화물기와 화물선을 통해서 미국에 도착했고 A마트를 통해서 미국인들에게 선보였다.

이런저런 경로로 조선의 음료를 알게 된 미국인들이 열광했다.

"와! 식혜잖아?!"

"개또라이도 있어!"

"빨리 카트에 실어! 다른 사람들이 가져가기 전에 말이야! 세상에 콜라도 있다니! 완전히 횡재했잖아! 이거!"

판매시작과 동시에 동이 나버렸다.

뒤늦게 이야기를 듣고 음료 판매대 앞으로 온 사람들은 허탈하게 빈 박스만 놓여 있는 것을 보게 됐다.

그리고 언제 음료가 들어오는지를 물었다.

"개또라이 언제 들어옵니까?"

"일주일 정도 걸립니다. 그런데 혹시 미국 축구 국가대표 선수로 월드컵에 출전하지 않으셨나요?"

"출전했습니다."

"혹시… 매카시 선수가 아닌지……."

"맞습니다."

"와! 여기서 만나게 되다니! 영광입니다!"

조선에서 열린 월드컵에 출전했던 선수가 개포라이를 찾았다. 그를 보고 놀란 사람도 조선의 음료를 찾으면서 시간을 기다려야 했다.

수출된 음료가 금세 동이 나는 사실이 성한을 통해 장성호에게 전해졌다. 장성호가 성한에게 의견을 물었다.

"이제 곧 유럽에도 우리 음료가 수출됩니다. 그런데 미국에서 벌써 그런 식이면 우리가 생산하는 것만으로도 한계가 있습니다. 뭔가 수가 필요할 것 같습니다."

장성호의 물음에 성한이 해결책을 대답했다.

―해외에도 공장을 지읍시다.

"자동차 공장처럼 말입니까?"

―그렇습니다. 엔진을 비롯한 핵심 부품을 조선에서 생산해서 해외 공장으로 보내 조립하듯이 말입니다. 음료 원액을 조선에서 생산하고 해외 공장에서 최종 생산을 하면 핵심 기술이나 비법을 지킬 수 있습니다. 마침 냉장고도 있으니 말입니다. 그렇게 해서 더 많은 사람들이 우리 음료를 마시고 우리 회사는 더 많은 수익을 거둘 수 있습니다. 외국인들에게는 일자리 제공을 할 수 있고 말입니다. 외교 관계적으로도 좋은 일입니다.

"그러면 우선적으로 중국과 일본, 미국에서 생산을 하는 쪽으로 해야겠군요. 수요가 가장 높으니 말입니다."

―예. 부장님.

"폐하께 말씀드려서 일을 추진하겠습니다."

─예.

불붙은 수요를 충족시켜 줄 수 있도록 만들어야 했다.

다른 회사가 빈자리를 노리기 전에 빠른 조치가 필요했다.

장성호가 이희에게 고하고 곧바로 민강을 비롯한 음료회사의 사장들을 만났다. 그리고 성한이 제시했던 방안을 말하고 큰 반향을 일으켰다.

원액이나 원천기술을 조선에서 지키는 가운데 중국과 일본과 미국에 공장들을 세워서 해외에 수출하기로 했다.

손문이 중화민국 공사관을 통해 이희에게 서신을 보냈다.

"중화민국에 공장을 지어서 인민의 일자리를 만들어줘서 고맙다고 하는군. 일본의 대통령도 짐에게 감사의 서신을 전해왔다. 역시 정복하는 것보다 함께 하는 것이 정의다."

장성호에게 이희가 자신의 생각을 전했다.

장성호는 세상의 수많은 군주 중에 선정을 베풀 수 있는 군주는 이희만이 유일하다고 말했다.

중국과 일본, 그리고 미국에서 공장 착공이 시작되었다. 신문을 읽으면서 미국 시민들이 감탄했다.

그들은 조선이 형제국 같았다.

"고려가 우리 땅에 공장을 짓는다는데?"

"보다 싸게, 더 많은 사람들이 음료를 마실 수 있도록 하는 것이 목표라고 쓰여 있어. 거기에 일자리를 제공해서 협력한다는데, 세상에 어떤 나라가 고려처럼 남의 나라에 공장을 지어주고 정당한 임금까지 지불하겠어. 정말로 영국이나 프랑스 같은 나라는 고려를 본받아야 돼."

"맞아. 식민지를 해방시켜야 돼."

"그래."

조선은 식민지를 갖지 않고도 크게 발전해왔다.

그 때문에 미국인들로부터 존경을 받고 있었고 도리어 영국과 프랑스가 욕을 먹고 있었다.

부유층의 음료로 알려지는 조선의 음료를 마실 수 있기를 기대했다.

"운동해서 목이 탈 때 개또라이를 먹으면 그렇게 갈증이 해소된다던데……."

"나는 식혜가 어떤 음료인지 먹고 싶어. 노래방에서 파는 음료라는데 우리 같은 서민들이 쉽게 마실 수 없는 음료잖아. 이제 그걸 마실 수 있는 길이 열리는 거야."

"빨리 싸져서 마셔봤으면 좋겠어."

소문이 날 대로 난 조선의 음료를 마셔보길 원했다.

그리고 한번 마셔본 사람들은 다시 한번 마실 수 있기를 기대했다.

그런 사람들의 반응이 신문사의 기사로 다시 났다.

* * *

성한이 콜라를 마시면서 신문을 읽었다. 그가 마시던 콜라를 휴일에 집에서 쉬던 지연이 마셨다.

"크으~!"

톡 쏘는 맛에 지연이 상쾌함을 느꼈다. 한 모금 남아 있는 유리병을 들어보면서 성한에게 말했다.

"어째 내가 알던 맛 그대로지?"

"그야. 변한 적이 없으니까."

"이 맛을 흉내 내려고 그렇게 수많은 회사들이 덤볐는데도 물리친 게 대단해. 세상에 어떻게 그 비법이 한번도 알려진 적이 없을까? 누군가는 비밀리에 쥐서 거금을 알아내려고 했을 텐데 말이야. 정말로 신기해."

지연의 이야기를 듣고 성한이 피식 웃었다. 그리고 자신이 신기해하는 것을 말했다.

"나는 그 회사가 조선의 회사가 되었다는 것이 더 신기해. 미국을 상징하는 회사인데 말이야."

"그건 나도 그래."

"포드모터스도 사실상 조선인의 회사야."

대주주가 누구냐에 따라 해당 회사의 국적을 논할 수 있었다. 어떤 나라에 법인을 세웠느냐가 아니라 어떤 사람이 최대주주로 있느냐에 따라서 회사의 주인이 다르게 보일 수 있었다.

미국의 수많은 회사가 이희의 손에 달려 있었다. 그랬던 상상이 이제는 현실이 되어 막강한 힘을 발휘했다.

세상을 변화시키고 있었고 그 중심에 조선이 있었다.

신문 기사를 읽다가 성한이 미소 지었다.

"뭐 웃기는 일이 있어?"

지연이 물었고 대답을 들었다.

"조선으로 간 폴 허드슨이라는 가수 알지?"

"알아."

"양 사장이 그를 지도했는데 드디어 조선에서 데뷔했어. 이번에 은월에 이어 2위를 차지했다고 해."

"와, 대단한데? 태양과 은월 때문에 사람들 눈이 높아졌을 텐데 말이야."

"그러니까."

"설마 댄스곡으로 2위를 차지한 건가?"

"그건 아닐 거야."

"그러면?"

"부장님으로부터 이야기를 들었는데 로큰롤이라고 들었어. 지금 시대에서는 로큰롤도 새로운 장르야. 2주 째 2위라는데 꽤 오래 갈 것 같아."

조선에서 허드슨이 성공가도를 달리기 시작했다.

그 사실을 알게 되면서 성한과 지연은 마치 그가 옛날에 말 타는 춤으로 세계를 휘어잡았던 대한민국의 한 가수처럼 될 것이라고 생각했다.

음악적인 장르와 국적과 인종도 달랐지만 조선이 세계 문화의 중심지가 된 만큼 허드슨은 그와 비슷한 사람이 될 것이라고 생각했다.

3주째 2위가 되었을 때 미국인들이 알게 되면서 놀라워했다.

"와! 허드슨이 고려에서 3주째 2위야!"

"1위가 은월이고 태양이 6위야!"

"미국 가수 중에 이런 가수가 있었어?! 조선에서 노래로 2위를 하다니!"

뉴스에서도 난리가 났다.

[요즘 우리 가수 폴 허드슨에 대한 소식으로 떠들썩하죠? 미국에서 활동 중단을 선언하고 고려로 향한지 6개월 만에 데뷔했습니다. 그리고 은월에 이어 2위를 차지한지 3주째에 접어들었습니다. 세계를 흔들었던 태양은 금주에는 4위입니다. 고려 국민들이 허드슨에 열광하고 있습니다.]

조선인들의 인터뷰가 더빙되어서 영출기로 방송되고 있었다.

[처음에 미국 출신이라고 해서 솔직히 못 미더웠어요. 그런데 그렇게 노래를 잘 부르는 줄 몰랐고요. 무엇보다 노

래를 부를 때 허리를 흔드는데 그렇게 멋질 수가 없어요. 태양을 좋아하지만 이제는 허드슨도 좋아해요.]

[최고예요! 최고! 여태 본 적 없는 가수예요!]

다시 2주가 지났을 때였다. 2위를 지키던 허드슨의 순위가 7위로 내려갔다. 그 소식을 뉴스와 신문으로 알게 된 미국인들이 아쉬워했다.

"아, 정말. 이렇게 1위를 못 해보는 거야?"

"내가 은월을 그렇게 좋아하는데 이번만큼은 얄미워 죽겠어."

"5주 동안 2위만 하다가 내려오게 되다니… 그래도 대단해! 세계를 뒤흔든 고려 가수들의 홈그라운드에서 그런 성적을 냈으니 말이야!"

"우리에겐 허드슨이 있어! 이건 정말로 미국의 자존심을 높여주는 일이야!"

"영국과 프랑스도 우릴 대단하게 여길 거야!"

비록 1위를 차지하지 못했지만 조선에서 한달 넘게 2위를 차지한 허드슨이 대단하게 느껴졌다. 그리고 미국 기자가 직접 조선인들을 상대로 취재에 나섰다.

[혹시 허드슨을 아시나요?]
[아뇨. 잘 몰라요.]
[허드슨을 아시나요?]

[아, 알고 있어요. 이번에 조선에서 2위를 했잖아요. 미국 가수가 조선에서 2위를 했다는 사실이 대단한 것 같아요.]

허드슨을 아는 조선인을 만날 때까지 물어보고 기자가 정리해서 촬영기 앞에서 말했다.

[이렇듯 폴 허드슨은 고려에서 유명세를 치르고 있습니다. 고려에서 2위를 차지한 결과 전 세계가 우리 가수에 열광하고 있습니다. 젠슨 기자였습니다.]

목소리에서 자랑스러움이 뚝뚝 흘러 나왔다.
몇 주 더 지나서 허드슨의 순위가 30위 부근으로 내려가자 그가 미국에 돌아온다는 소식이 전해졌다.
그야말로 금의환향이었고 전미가 떠들썩해졌다.
여객기를 타고 뉴욕의 비행장에 착륙했을 때 몰려온 그들의 팬들이 손을 흔들면서 열광했다.

[허드슨! 여길 봐줘요!]
[멋있다~!]
[와아아아~!]

성한이 지연과 정호와 혜민과 함께 뉴월드 9시 뉴스를

보고 있었다. 뉴스를 보면서 지연이 피식 웃었다.

"판박이다. 내가 본 것과 똑같네."

"어머니, 혹시 옛날에 허드슨을 보신 적이 있으세요?"

"아니. 본 적은 없어."

"그러면……."

"있어. 설명하기 복잡해. 그런 게 있어."

"……."

정호가 물었다가 정확한 대답을 듣지 못했다.

정확한 대답을 듣게 되면 자신의 부모가 미래에서 왔다는 사실만 알 뿐이었다.

지연이 한 말의 뜻을 아는 사람은 오직 성한과 아래층에 사는 석천과 대원들뿐이었다.

역사교과서로 봤던 대한민국에서 있었던 일이 미국에서 입장이 바뀐 채 벌어지고 있었다.

허드슨이 뉴욕에서 공연을 약속했고 뉴욕시에서 공연장을 무료로 마련해주기로 했다.

그런 발표가 뉴스를 통해서 전해졌다.

성한은 허드슨이 입고 있는 옷과 신발 등을 주목해서 보았다. 미국에서 많이 팔릴 것 같았다. 성한이 지연에게 말했다.

"유행 많이 타겠는데?"

"허드슨이 입고 있는 옷 말이야?"

"그래. 여태 본 적이 없는 브랜드 같아. 그리고 허드슨 때

문에 유명세를 치르겠어. 저 세 줄을 보니까 기술부장님이
또 장난질을 친 것 같아.”

“도디스…….”

성한이 허드슨의 신발을 가리키면서 말하자 지연이 씁쓸
하게 미소 지었다.

세 줄 문양으로 상징되는 회사가 조선에서 설립됐다.

그 문양은 성한과 지연에게 너무나도 익숙한 문양이었
다. 그러나 정호와 혜민에게는 생소한 문양이었다.

그저 조선에 새로운 의류 회사라고 생각하며 대단한 회
사라고 생각했다.

“또 다시 회사 하나가 사라지겠어.”

후에 독일에서 설립 될 큰 회사의 미래가 사라졌다.

그리고 조선에 세워진 새로운 회사의 미래가 창대하게
열렸다.

허드슨의 인터뷰가 영출기에서 나오고 있었다.

[이 운동화는 고려의 운동화인가요?]

[예. 맞습니다.]

[도디스라니, 처음 보는 브랜드입니다.]

[최근에 고려에서 나인기만큼 좋은 운동화를 만드는 것
으로 유명해진 회사입니다. 그래서 축구유니폼과 축구화
도 만드는 것으로 알고 있습니다. 고려 축구팀 중 일부가
쓰는 것으로 알고 있습니다.]

유명인의 말 한마디와 차림새가 세상의 어떤 광고보다도 효과가 크리라는 것은 불을 보듯 뻔했다.

　허드슨을 통해서 다시 조선의 옷과 신발이 주목받았고 그가 쓰고 있던 색안경이 주목받으면서 영출기를 시청하는 미국인들에게 큰 반향을 안겨주었다.

　그것을 조선이 절대 놓치지 않았다.

　화물기에 물품을 실어서 급히 미국으로 보내고 미리 준비했던 행정절차를 빠르게 처리하도록 만들어서 뉴욕과 시카고에 매장을 냈다.

　세 줄 문양이 간판에 새겨지고 그 아래로 많은 부유층 사람들이 줄을 섰다.

　그들이 찾는 것은 허드슨이 신었던 운동화였다.

　"이 운동화가 허드슨이 신었던 운동화인가요?"

　"예. 맞습니다. 고객님."

　"250mm로 하나 주세요."

　"아, 죄송합니다. 지금 그 사이즈의 것은 전부 다 나가서……."

　"네?"

　"물건이 오려면 일주일을 기다리셔야 됩니다. 정말 죄송합니다."

　한참동안 줄 서다가 들어와서 겨우 운동화 앞에 섰는데 허탈한 기분만을 맛봤다.

하지만 포기하지 않고 일주일 후에도 찾아왔고 그 후에도 찾아와서 결국, 허드슨이 신었던 운동화를 사지 못하고 다른 운동화를 샀다.

2달이 지나서야 그가 신었던 운동화를 살 수 있었다.

그렇게 온 미국인이 허드슨처럼 되길 원했고 그를 전 미국의 영웅으로 여겼다.

미국 정부가 시민들의 바람에 부응했다.

허드슨이 백악관으로부터 부름을 받았다.

"제가… 대통령을 만난다고요?"

"그래."

"뭐 때문에요?"

"고려에서 한달 넘게 2위를 하지 않았나. 그리고 전 세계가 자네를 보고 열광하고 있네. 미국의 자존심을 높여줬는데 그에 해당하는 포상을 주는 것이라 알고 있네."

형 대신 조선에서 함께 미국으로 온 매니저가 말해줬다.

그 말을 듣고 허드슨이 두근거렸다.

일개 가수일 뿐인데 백악관에 간다는 사실이 믿어지지 않았다. 며칠 뒤 백악관에서 미국 대통령을 만났다.

윌슨에 이어 '워런 개멀리얼 하딩'이 대통령이 되었고 그가 허드슨을 백악관으로 불러서 훈장 수여를 했다.

'의회 명예 훈장'이 허드슨에 목에 걸렸다.

훈장을 수여받은 허드슨의 심장이 쿵쾅쿵쾅 뛰었다.

'내가 의회 명예 훈장을 수여받다니……!'

악수하면서 하딩이 허드슨에게 말했다.

"고려에서 불렀던 빈 잔이라는 노래를 나도 들었소. 정말 대단한 노래더군. 그리고 고려 말로 노래를 불렀던데 상당히 능통한 것 같소. 맞소?"

"아직 배우고 있습니다."

"다음에 고려 말을 가르쳐 주시오."

"예. 각하."

그가 하딩과 악수하는 모습이 신문에 실렸다.

닉이 뉴욕 외곽에 저택을 구입했다.

미국으로 돌아온 허드슨이 형의 집에 왔다.

문 안으로 들어가서 형인 닉과 부둥켜안으면서 반가워했다. 그리고 기뻐했다.

"드디어 해냈어! 형!"

"그래! 고려에서 1등은 못했지만 미국에서는 네가 1등이야!"

동생을 매우 자랑스럽게 여겼다.

허드슨이 미국 가수들의 가슴에 불을 질렀다.

무수한 가수들이 조선 진출을 선언했고 조선으로 가서 활동을 벌이다가 소득 없이 고국으로 돌아오곤 했다.

몇몇 가수는 30위 턱걸이를 하면서 가시적인 성과를 보이기도 했다.

조선에서 성공하는 것은 세계에서 성공하는 것이었다.

방송에서 2위를 차지했던 허드슨은 그 인지도로 로큰롤

이라는 장르를 선보이며 세계 공연에 나서기 시작했다.

그리고 다시 가수들이 몰려들었다.

세상의 모든 꿈이 조선으로 모이고 있었다.

장성호가 김인석, 이상재와 함께 이희를 알현했다.

"영화와 만화영화, 그리고 음악까지 만국에서 인정받았습니다. 우리가 제일이며 세계 만국인들이 몰려오고 있습니다."

"우리 옷과 음식이 최고로 알려지고 있습니다. 그리고 시상식도 우리 시상식이 최고입니다. 조선에 입국한 외국 가수들의 꿈이 가요대축전에서 상을 타는 것입니다."

"우리 상이 외국인들의 실력과 명예를 증명합니다."

세 사람의 보고를 듣고 이희가 흐뭇하게 미소 지었다.

"명예를 구하는 외국인들이 조선으로 온다고 하니 짐이 참으로 기쁘다. 그만큼 조선의 국위가 외국인들로부터 인정받는 것이 아닌가? 또한 짐의 백성들이 큰 이익을 얻을 것이라고 생각한다. 계속 외국인들이 몰려 올 테니 말이다. 이를 위해 준비한 것이 있는가?"

이희가 기뻐하면서 물었고 장성호가 대답했다.

"사람이 온다는 것은 물산도 함께 오는 것이지만 무엇보다 돈이 몰려오는 것과 같습니다."

"그렇지."

"그래서, 외국인들을 위한 은행이 필요할 것 같습니다."

"외국인을 위한 은행이라?"

"외국인에 대해서 혜택을 주는 것이 아니라, 그저 보안을 좀 더 강화시킨 은행 설립이 필요합니다. 하지만 무엇보다도 만국의 화폐를 원화로 환전 시켜주는 은행, 그런 업무를 중점적으로 보는 은행이 필요한 때가 아닐까 합니다. 외환은행을 설립해서서 환전으로 세계의 자본을 끌어모으고, 수요가 높아지는 우리 화폐를 세계에 통용케 해서 확실한 기축 통화로 만드는 것입니다. 아직도 많은 나라들이 영길리의 파운드화를 무역을 위한 화폐로 사용하고 있습니다. 우리 화폐가 많이 따라잡았지만 외국에서 느끼는 익숙함을 이기기에는 부족함이 있습니다. 그러나 이제 우리 화폐가 파운드화를 대체할 겁니다."

영국이 버티고 있는 마지막 한 자리를 차지하려고 했다. 조선이 영국을 끌어내리려고 했다.

"경이 말한 은행을 설립하고, 우리의 원화로 파운드화를 대체케 하라."

"황명을 받들겠습니다! 폐하!"

이희로부터 위임 받은 권한으로 조선의 경제를 세계의 중심에 놓으려고 했다. 그로부터 한달 뒤였다.

보안이 강화된 조선외환은행의 사옥이 남대문 남쪽에 건설되기 시작했다.

사옥이 제대로 지어지기 이미 업무가 시작되었다.

모든 길은 조선으로 통한다

　여름 방학이었다. 성한이 정호와 혜민에게 기쁜 소식을
전했다.
　두 자녀가 그토록 바라던 일이었다.
　"자, 이게 뭘까?"
　"뭔가요? 아버지?"
　"뭐긴. 한번 자세히 봐."
　"……?"
　"이제 뭔지 알겠지?"
　"헉! 이거, 비행기 표예요?"
　"그럼."

"고려… 김포… 설마 이번 방학 때 고려에 가는 거예요?"

"그래. 고려에 간다. 일주일 뒤에 갈 거니까 옷도 사고, 준비를 하렴. 알겠지?"

"예! 아버지!"

정호가 제일 좋아했다. 혜민도 좋아서 어쩔 줄 몰라 했다.

기뻐하는 두 아이를 보고 성한과 지연이 환하게 웃었다.

놀러온 석천과 유정도 함께 미소를 짓고 있었다.

성한이 석천에게 미안함과 아쉬움을 나타냈다.

"이번에 같이 간다면 참 좋을 텐데 말이죠."

"저도 하고 있는 일이 있으니 어쩔 수 없습니다. 다음에 휴가를 내게 되면 가도록 하겠습니다. 이번에는 모쪼록 조심히 다녀오십시오. 저희 경호원들이 호위해 드리겠습니다."

석천이 차린 경호 회사의 경호원들이 성한과 함께 조선에 다녀오기로 했다.

그리고 오히려 경호원들이 더욱 좋아했다.

일주일 후 정호와 혜민이 들뜬 기분으로 여객기에 올라탔다.

그들은 하늘을 날면서 창문 밖에 펼쳐진 하얀 구름들을 감상했다.

탄성을 터트리면서 매우 즐거워했다.

그러나 비행기를 타고 하늘을 나는 기쁨도 잠깐이었다.

장거리 비행에 지쳐서 곯아떨어지게 됐고 중간 기착지에서 다시 여객기를 탈 땐 지겨워했다.

그리고 조선에 도착했을 때 매우 기뻐했다.

"여기가 고려예요?"

"그래."

"와! 뭔가……."

여객기에서 내리는 혜민이 말하려다가 말을 잇질 못했다.

옆에서 정호가 혜민에게 말했다.

"본래 비행기가 뜨고 내리는 곳 옆에는 건물이 있는 게 아니야."

정호의 이야기를 듣고 혜민이 아~ 하고 이해했다.

성한이 딸의 반응을 보고 지연과 함께 웃었다.

휴가를 받은 지연과 함께 조선에 왔다.

비행장을 보면서 두 사람은 미국으로 떠날 때의 기억을 떠올렸다.

조선과 미국을 오가는 길은 매우 험했다.

'정말 그땐 배를 타고 태평양을 횡단했는데…….'

'환웅함의 셔틀선만큼은 아니지만, 비행기를 타고 조선에 오게 되다니 정말 생각지도 못했어.'

아스팔트가 깔린 활주로를 보면서 감회에 차올랐다.

한양이 많이 바뀌어 있을 거라는 기대감을 안고 있을 때 여객기로 다가온 차로부터 사람들이 내렸다.

그 사람들은 성한이 오래토록 보고 싶었던 사람이었다.

성혁이 장성호와 함께 성한에게 왔다.

"형."

"성혁아."

부둥켜안으면서 해후했다. 정호와 혜민은 아버지를 반기는 사람을 보면서 궁금해 했다.

그러다가 아버지와 꽤 많이 닮았다는 것을 깨닫고 혹시나 했다.

성한이 두 아이에게 성혁을 소개했다.

"인사하거라. 숙부다."

"아, 안녕하세요. 숙부님."

어색해하며 정호와 혜민이 허리를 굽혔다.

두 아이의 말투는 성혁이 알고 있는 재미교포의 말투와 크게 다르지 않았다.

그 말투를 듣고 성혁이 미래에서의 일이 기억나서 입가에 미소가 배어들었다.

두 아이의 머리를 쓰다듬으면서 말했다.

"아버지와 어머니를 많이 닮았구나. 이렇게 갑자기 너희들에게 숙부라 말하면서 나타나서 미안하다."

"아니에요. 숙부님."

두 아이가 성혁을 만난 것을 보고 계속 흐뭇하게 미소 지었다.

그리고 성한과 지연의 앞으로 장성호가 다가왔다.

그에게 두 사람이 고개를 숙이면서 인사했다.

악수하면서 장성호가 성한에게 말했다.

"정말 오랜만입니다. 과장님."

"오랜만입니다. 부장님. 그동안 흰머리가 많이 생기셨군요."

"과장님도 마찬가지입니다. 우리가 그만큼 나이를 먹은 게지요."

"말투도 꼭 조선 사람처럼 되었습니다."

"여기 지내다 보니 그렇게 되었습니다. 그리고 부탁하신 대로 특별한 환영행사를 열지 않았습니다. 저 아이들이 놀라지 않도록 말입니다. 그저 편히 쉬다 가시기 바랍니다."

"쉬면서 폐하를 만나고 앞으로의 일에 대해서 이야기 하겠습니다."

"알겠습니다. 숙소로 모시겠습니다."

장성호가 수행원들에게 눈짓을 줬다.

아우들의 차 문이 열리고 정호와 혜민이 웃으면서 차에 올라탔다.

그리고 아버지와 어머니인 성한과 지연과 함께 한양으로 향했다.

강을 건너고 상암 근처에 이르렀을 때 한양의 풍경이 눈에 들어왔다.

한성축구단 경기장과 20층에 이르는 건물들이 보였고

중심으로 들어갈수록 더 높은 건물이 눈앞에서 나타났다.

공사 중인 고층 건물들이 보였다. 그것을 성한과 지연이 고개를 들면서 쳐다봤다.

"많이 변했지?"

"그런 것 같아. 우리가 미국으로 갈 때와 비교하면 확실히 많이 변했어."

놀라운 변화였다. 경강이 잘 보이는 남산 아래 고급 숙박소로 향했다.

그곳에서 한달 가까이 지낼 예정이었다.

장성호가 방을 보여주면서 성한에게 말했다.

"미국에서 꽤 잘 살고 있는 것으로 아는데 부족하지 않을까 합니다. 모쪼록 잘 지내주시기 바랍니다."

장성호의 말에 성한은 과분한 숙소라고 말하면서 감사의 뜻을 전했다.

아이들은 기뻐하며 거실을 살피고 자신들이 쓰게 되는 침실을 살폈다.

투숙실 중 가장 비싸고 좋은 투숙실이었다.

너무 좋은 곳에서 묵어서 부담이 되기도 했지만 좋아하는 아이들을 보면서 미소를 지을 수밖에 없었다.

그런 성한에게 장성호가 말했다.

"괜찮으시면 오늘 폐하께서 만찬을 즐길 수 있겠냐고 말씀하셨습니다."

"오늘 말입니까?"

"예. 과장님. 괜찮겠습니까?"

장성호의 물음에 성한이 이내 대답했다.

"물론입니다. 괜찮지 않다고 대답해드릴 이유가 뭐가 있겠습니까? 애들에게도 이야기하겠습니다."

"그럼 쉬시다가 저녁 때 오겠습니다."

"예. 부장님."

장성호가 방에서 나갈 때 성한이 두 아이에게 인사하라고 말했다.

성한의 가족으로부터 인사 받으면서 장성호가 나갔고 성혁은 자신의 형에게 쉬고 있으라고 말했다.

나중에 장성호가 그들 가족을 다시 데리러 왔고 함께 경복궁에 입궐했다.

궁에 입궐하기 전에 성한이 아이들을 미리 교육 시켰다.

먼저 수저를 들면 안 되는 점과 인사를 확실하게 하는 것과 앉아서 얌전한 모습을 보일 것을 가르쳤다.

그리고 협길당에서 이희를 만났다. 성한과 지연의 아이를 본 이희가 기뻐했다.

"정말, 바르게 큰 것 같구나. 네 이름이 무엇이냐?"

"유정호라고 합니다……."

"그래. 너는?"

"유혜민이라고 합니다……."

"정호, 혜민……."

성한이 이희에게 이름의 의미를 알렸다.

"바를 정에 넓을 호입니다. 그리고 은혜 혜에 옥돌 민입니다."

"정말 바르고 예쁜 이름이군."

"예. 폐하. 아비로서 이름대로의 삶을 살아가기를 원합니다."

성한의 이야기를 듣고 이희가 고개를 끄덕였다.

그리고 두 아이에게 큰 복이 있기를 원한다고 말했다.

만찬을 즐기면서 성한에게 일정을 물었다.

"이렇게 조선에 왔는데 며칠은 쉬어야겠지."

"조선을 돌아볼 생각입니다."

"어디에 가볼 생각인가?"

"아이들이 미기 놀이동산에 가고 싶어 해서 가볼 생각입니다. 그리고 가능하다면 태양을 만나려고 합니다."

혜민의 눈동자가 커졌다. 놀란 딸을 보면서 성한과 이희가 미소 지었다.

태양이 어떤 가수인지 이희도 알고 있었다.

"여식이 좋아하겠군."

"여식 때문에 만나보려고 합니다."

"좋은 만남이 되기를 원한다. 잘 놀다가 쉬고 난 뒤에 짐을 알현하라. 그대와 함께 논할 것이 많다."

"예. 폐하."

성한과 가족의 휴식을 이희가 존중했다.

조용히 함께 만찬을 나누는 장성호에게 성한이 편히 쉴

수 있도록 도우라 전하고 성한은 이희에게 그저 감사하다
는 이야기를 했다.

숙소에 돌아오자 아이들이 탄성을 터트렸다.

"고려 황제 폐하를 처음 봤어요! 아버지!"

"정말 대단하신 분 같아요!"

"그래그래."

흥분 속에서 잠을 이루지 못하는 첫 하룻밤을 지냈다.

그리고 다음 날 김포에서 여객기를 타고 제주도로 향했
다.

제주도에 도착했을 때 성한과 지연을 눈을 크게 떴다.

"세상에, 여기가 제주도야?"

"이건 정말 생각지도 못했는데?"

도시화가 꽤 많이 진행되어 있었고 심지어 차가 다니는
것을 보고 매우 놀랐다.

그리고 흐뭇하게 미소 지었다.

제주도가 그만큼 발전되어 있으면 다른 곳은 보나마나였
다.

무엇보다 제주도엔 세계 사람들이 가고 싶어 하는 미기
놀이동산이 있었다.

놀이동산에서 청룡열차를 탄 두 아이가 비명을 질렀고
놀이기구 밖의 아래에서 성한과 지연이 웃는 아이들을 올
려다보며 미소 짓고 있었다.

아이들의 기쁨이 두 사람의 기쁨이었다.

정호와 혜민을 보다가 성한의 고개가 돌아갔다. 그의 뒤로 외국인들이 지나갔다.

미국에서 온 부유층 사람들인 것 같았다.

"아, 정말……."

"왜 그래?"

"돈이 떨어졌어."

"뭐? 진짜?"

"달러는 있는데 원화가 없어. 어떻게 해야 하지?"

"아까 전에 입구에 은행이 있었잖아. 조선외환은행에서 돈을 바꾸면 돼."

조선외환은행의 미기 놀이동산 지점이 있었다.

그곳에서 놀이동산을 방문한 외국인들이 환전할 수 있었다.

중화민국의 위안화와 일본의 엔화, 영국의 파운드화 미국의 달러화 등을 원화로 바꿀 수 있었다.

놀이동산을 방문한 외국인들은 환전한 원화로 표를 사고 먹을 것을 사 먹으면서 유희를 즐겼다.

그것을 보고 성한이 생각에 잠겼다.

지연이 성한이 외국인들을 보고 있는 것을 알고 물었다.

"왜? 무슨 생각이 났어?"

"어."

"무슨 생각?"

"좋은 생각. 조선의 원화를 우리가 아는 미국의 달러화

168

만큼 기축 통화로 만들 거라고 하는데 그렇게 만들 수 있는 좋은 생각이 났어."

대답을 듣고 성한이 또 어떤 일을 벌일 것이라고 지연이 생각했다.

이후 청룡열차에서 내린 두 아이를 반겼고 다른 놀이기구로 향했다.

그날 미기 놀이동산에서 즐거운 시간을 보낸 뒤, 제주도에서 하룻밤을 보내고 한양으로 돌아왔다.

그 다음엔 혜민이 태양을 만나 눈물을 쏟았다.

주작과 현무, 백호, 청룡의 예명을 쓰는 네 청년은 혜민과 사진을 찍고 정호와도 사진을 찍었다.

은월과 사진을 찍을 땐 정호의 입이 아예 귀에까지 걸렸다.

그 후 다시 하루가 지나고 성한이 경복궁으로 홀로 입궐했다.

양복을 입은 모습으로 경복궁 안을 당당하게 걸었다.

그의 곁으로 장성호가 와서 옆에서 나란히 걸었다.

"안 선생님과 아이들은 어떻게 됐습니까?"

장성호의 물음에 성한이 옅은 미소를 드러내면서 대답했다.

"아이들과 한양을 돌아다니고 있습니다. 아마 쇼핑하고 찜질방에도 갔을 겁니다."

"혼자 여기에 와서 쓸쓸하시겠습니다."

"어쩔 수 없죠. 저의 할 일이니까요. 제가 이 일을 하는 동안 아이들을 살피는 것은 안사람의 일입니다. 그 반대인 경우도 있지만 말입니다. 어쨌든 분담해서 하는 겁니다."

내외를 고정하지는 않았지만 내외는 반드시 있었다.

지연이 정호와 혜민과 함께 한양을 구경하는 동안 성한은 대궐에 입궐해서 이희를 만나 장성호와 함께 조선이 세우는 새로운 금융 체계에 대해서 이야기했다.

보안이 강화 된 조선외환은행에 대한 이야기를 들었다.

"예금주의 정보를 알리지 않는다는 말입니까?"

"그렇습니다."

"스위스 은행을 본딴 것이군요. 거기에 환전 업무를 얹은 것 같습니다. 그런데 저는 조금 반대합니다."

"어째서 말입니까?"

"예금주의 정보를 알리지 않는다는 것은 범죄자가 빼돌린 돈이 계좌에 예금됐을 때 알리지 않겠다는 것이 아닙니까? 그것은 조선이 그리는 미래와 맞지 않습니다."

성한이 조선에서 설립한 조선외환은행에 대해서 지적했다.

이야기를 듣고 장성호가 고개를 끄덕였다. 그러면서 당위성을 설명했다.

"물론 그런 방향으로 생각하신다면 그렇게 생각하실 수 있습니다. 하지만 다른 방향으로 생각하신다면 반드시 필요합니다."

"탄압을 피하려고 하는 자본 말입니까?"

"그렇습니다. 예를 들어 독일에 유대인을 혐오하는 정치 정당이 정권을 잡고 독재 탄압을 벌일 때, 탄압받는 유대 자본이 안전하게 예금될 수 있습니다. 그런 경우 외에도 부당하게 압수당하는 자본이 안전하게 예금될 수 있습니다."

"그런 경우라면 반드시 필요하겠군요."

"그리고 범법자로 추정되는 자의 예금은 특별히 관리됩니다. 언제든지 외국의 요청을 받아서 우리가 수사하고, 범죄에 연관된 예금으로 확인될 경우 압류하고 환수시킬 수 있습니다. 스위스 은행의 경우, 인신매매와 마약 거래, 테러를 위한 자본도 가리지 않고 예금을 받고 끝까지 비밀을 보장합니다. 그 점이 우리와 다른 점입니다."

정리해서 장성호가 성한에게 말했다.

"인류를 무시하는 범죄에 쓰이지 않는 자본일 경우 철저하게 비밀이 보장됩니다. 그것만으로도 많은 예금이 예치될 수 있습니다."

독재 정치가 만연한 나라에서 자본가들이 예치를 할 것이라고 생각했다.

성한이 고개를 끄덕이자 이희가 그에게 의견을 물었다.

"어찌 생각하는가?"

성한이 대답했다.

"그 정도 비밀 보장이라면 저는 찬성입니다. 돈을 버는

데에 있어서도 정승 같이 벌고 정승 같이 써야 합니다."

"그대의 말을 유념토록 하지. 그대가 짐의 대리인이라는 것이 너무나도 자랑스럽다."

"과찬이십니다. 폐하."

이어 조선의 원화를 파운드화를 대체하는 기축통화로 만드는 원대한 계획에 대해서 이야기 했다.

성한이 장성호에게 물었다.

"조선의 원화를 기축통화로 만들 거라고 이야기를 들었습니다."

"그런 계획을 세웠습니다."

"어떻게 만드실 생각입니까?"

성한의 물음에 생각을 정리하고 장성호가 대답했다.

"우선, 물건을 팔 때 원화 결제를 요구할 생각합니다. 자동차를 비롯해서 우리 물건이 우수하니 말입니다. 그러면 원화 결제를 위해서 외국에서 원화가 필요할 테니 우리가 외국 제품이나 원자재를 수입할 때 원화로 결제하는 것입니다. 이를 형통하게 만들기 위해서 외환은행을 둔 겁니다."

이야기를 듣고 성한이 잠시 생각하고 이야기했다.

"제가 볼 땐 그 방식으로는 원화를 파운드화를 뛰어넘는 기축 통화로 만들지 못할 것이라고 봅니다."

"어째서 말입니까?"

"물건을 팔 때는 분명히 사는 쪽에게 어떤 통화로 결제할

지를 요구할 수 있습니다. 원화면 원화, 파운드화면 파운드화, 돈을 받을지 현물을 받을지는 파는 쪽 마음입니다. 그런데 반대 입장이 되었을 때는…….”

“우리에게 원화가 아닌 파운드화 결제를 요구할 것이다?”

“그렇습니다. 만약에 우리에게 제품이나 원자재를 파는 회사가 도리어 우리 제품을 사지 않을 경우에 말입니다. 그렇게 되면 파운드화이거나 자국 화폐로 결제하길 원할 것입니다. 그 점 때문에 저는 힘들다고 보는 것입니다.”

이희가 공감하면서 성한에게 물었다.

“그러면 우리 화폐를 기축통화로 만들기 위해 좋은 방법이 있는가?”

곧바로 대답을 들었다.

“있습니다.”

“어떻게 말인가?”

“외국을 이용하는 방법입니다. 그리고 기업을 통한 거래가 아닌 국가 간의 거래로 만드는 겁니다. 그것은…….”

성한이 이희와 장성호에게 의견을 말했다.

그 의견을 듣고 이희가 얼굴을 움찔거리면서 물었다.

“아라비아를 이용하란 말인가?”

“예. 폐하. 이제 산업이 발전된 나라일수록 아라비아를 비롯한 중동아시아의 원유가 필요해질 겁니다. 그들 나라가 원화 결제를 요구한다면 이야기가 달라집니다. 그리고 조선은 능히 그럴 수 있는 국력을 지니고 있습니다. 충분히 파운드화를 원화로 기축통화의 지위를 바꿀 수 있습니다."

성한의 이야기를 듣고 이번에는 이희가 장성호에게 물었다.

"어찌 생각하나?"

곧바로 대답을 들었다.

"최선의 방법입니다. 반드시 성공할 겁니다."

이희가 황명을 내렸다.

"특무대신은 외부대신을 비롯해 각 부 대신과 논의하여 짐의 대리자가 한 이야기를 참고해 위임 처결하라."

"황명을 받들겠습니다. 폐하."

새롭게 방향이 정해지고 실천에 옮겨지기 시작했다.

장성호가 민영환을 비롯한 각 부 대신들을 만났다.

그리고 무역을 행할 때 원화 결제에 관해서 논의하고 조치를 결정했다.

*　*　*

유럽 대전에 조선이 참전하면서 협상국에 결정적인 전력으로 승리를 취한 적이 있었다.

독일을 비롯한 동맹국들이 패전했고 독일의 동맹국이었던 오스만 제국이 함께 패하면서 중동 아시아라 불리는 여러 지역이 승전국들에게 할양됐다.

조선은 원유가 대량으로 매장되어 있는 아라비아 반도와 이라크 일대를 할양하고 토호들을 모아 그들에게 독립이라는 큰 선물을 안겨줬다.

그중엔 쿠르드라 불리는 민족도 있었으니 조선의 배려로 그들이 살 수 있는 땅을 얻어서 정식 나라로 인정받고 외교력을 발휘할 수 있게 되었다.

때문에 중동 각 국 정부와 사람들은 조선에 대해 감사할 수밖에 없었다.

영국과 프랑스와 다른 그들의 상생에 경외감을 느꼈다.

그리고 나라의 생존과 발전을 위해 조선의 힘을 빌릴 수밖에 없었다.

사막에 흙집이 전부인 나라에 항구가 건설되고 정유시설이 건설됐다.

조선정유와 서라벌정유, 남강정유사의 정유 시설이 아라비아에 건설되고 원유 매장지를 중심으로 계속 지어지고 있었다.

오스만제국이 점령했던 지역의 유전은 온전히 조선의 것으로 아라비아의 독립이 보장됐고, 그 외의 지역을 아라비아가 개척하면서 그곳에 묻힌 유전을 온전히 아라비아 왕국이 소유했다.

그리고 유전 개발에 조선이 힘을 빌려줬다.

조선의 원유 생산량에 비해서 턱없이 부족했지만 세계를

상대로 봤을 땐 만만치 않았다.

그런 아라비아 왕국에 조선의 외교 공문이 전달됐다.

공문을 받은 아라비아의 국왕이 물었다.

"고려가 수출품을 원화로 받겠다고?"

"예. 폐하."

"고려의 수출품 중에 우리 국민이 사용하는 생필품과 식량이 있는데, 이를 어찌해야 하겠는가?"

왕의 물음에 내무부 장관이 대답했다.

"당장에 국고에 보유중인 원화로 결제하시고 당분간 폐하 소유의 유전에서 생산되는 원유를 고려에 파셔서 원화를 확보하십시오. 그리고 우리 왕국에서 원유 수요를 제외하고 모두 유럽에 파시면서 원화 결제를 요구하시면 될 것 같습니다."

대답을 듣고 다른 장관들에게 물었다.

"경들의 생각은 어떠한가?"

"저도 내무부 장관과 같은 생각입니다."

"내무부 장관의 의견대로 원화 결제를 요구하십시오. 그렇게 얻은 원화로 물품을 수입하시면 될 것 같습니다."

신하들의 충언을 듣고 아라비아 국왕이 고개를 끄덕였다. 그리고 이내 왕명을 내렸다.

"우선 우리가 보유한 원화로 결제해 고려 물품을 수입하고, 유럽에 원유 수출을 할 때 원화 결제를 요구하라. 우리는 앞으로 무역을 할 때 오직 고려 원화를 통해서만 이룰 것이다.”

“예! 폐하!”

아라비아 왕국의 무역이 오직 조선 원화를 통해서만 이뤄지기 시작했다.

그 소식은 이내 영국에 전해졌다.

신임 영국 총리가 국왕인 조지 5세를 만났다.

그에게 아라비아의 사정을 알려주자 조지 5세가 움찔했다.

들고 있던 찻잔을 받침대 위에 내려뒀다.

“아라비아 왕국이 원화로 결제를 받는다고?”

“예. 폐하.”

“그렇게 되면 어떻게 되는 것인가? 아라비아로부터 원유를 수입하는 나라들이 원화 결제를 해야 하는 것인가?”

“아라비아뿐만이 아니라 고려로부터 독립한 이라크와 쿠르디스탄, 아랍국까지 원유 수출 결제를 오직 원화로만 받겠다고 합니다. 심지어 미국까지 원유 수출을 원화와 달러로만 받겠다고 합니다.”

“뭐라고……?”

“우리를 비롯해 유럽이 발전하기 위해선 원유가 반드시 필요합니다. 이런 상황에서 원유를 수출하는 나라가 원화 결제를 요구하면…….”

“우리의 파운드화를 고려의 원화가 넘보는 것이 아닌가?!”

"고려가 자국의 화폐를 기축 통화로 만들려 하고 있습니다. 페르시아까지 원화 결제로 무역을 치르기로 결정을 내렸습니다."

"맙소사……."

신임 총리의 이름은 '앤드루 보너 로'였다.

후원에서 독서를 하면서 차를 마시고 있었던 조지 5세가 책을 덮었다.

그리고 다급한 표정으로 로에게 지시했다.

"유럽에서 절대로 원화를 통한 무역 결제가 이뤄져선 안 돼! 모든 방법을 강구해서 원화 결제를 막게!"

"예… 폐하……."

"어떻게 이런 일이… 고려가 어떻게 감히……!"

지시를 받았지만 딱히 할 수 있는 것이 없었다.

파운드화가 기축 통화일 경우 득을 보는 것은 오직 영국이었고 다른 나라에게는 그저 무역에 사용하는 외국 화폐일 뿐이었다.

그 자리를 그저 조선의 원화가 대체할 뿐이었다.

산업 발전을 이루는 프랑스에도 원유는 필수적이었으나, 식민지에서 생산되는 원유는 프랑스의 수요보다도 적었다.

나머지 수요를 중동에서 수입해서 충당하고 있었다.

그런 가운데 원화 결제를 요구하는 통보문이 프랑스 정

부로 전해졌다.

알렉산드르 밀랑이 드샤넬에 이어 프랑스 대통령이 되었고 그에게 총리인 '조르주 레이그'가 보고했다.

"아라비아 왕국과 페르시아 제국을 비롯한 나라들이 원유 수출 때 원화 결제를 요구하고 있습니다. 고려가 그들 나라들에게 물건을 팔 때 원화 결제를 요구한 여파입니다."

보고를 듣고 밀랑이 말했다.

"기어코 이런 날이 오는군. 고려가 영국을 상대로 이빨을 드러냈소."

"드러낼 만한 상황입니다."

"이렇게 파운드화의 시대도 저물겠군… 일단 우리가 보유한 원화로 결제하고 우리 식민지에서 고려로 수출되는 원자재에 대해 원화 결제를 통보하시오. 또한 다른 나라들에게도 말이오. 이제부터 우리는 원화와 프랑으로만 무역을 벌일 것이오."

"예. 각하."

프랑스가 원화와 프랑으로만 무역 시에 결재하겠다는 발표가 이뤄졌다.

이어서 독일과 이탈리아, 스페인 등도 무역을 행할 때 원화로 결제하겠다는 조치를 연달아 발표했다.

원유는 각 나라 경제의 목숨 줄이었다.

그 목숨 줄을 쥐고 있는 조선이 세계 경제를 좌지우지 했다.

결국 파운드화를 끝까지 지키려던 영국 정부도 흔들리기 시작했다.

아직 해상 유전을 캐내는 기술이 개발되기 전이었다.

아프리카 식민지의 유전으로부터 원유를 생산하고 있지만 발견된 유전이 많지 않아 영국의 수요를 충족시켜주지 못하고 있었다.

중동 아시아로부터 원화 결제 없이 원유 수급을 벌일 수 없게 되자 영국 본토 국내에서 판매되는 원유 가격이 급상승했다.

그 피해는 고스란히 국민들이 입었다.

"휘발유 값이 왜 이래?"

"원유 수입량이 줄어서 그렇습니다."

"수입량이 줄어도 그렇지, 세상에 일주일 만에 5배로 건너뛸 수 있습니까? 설마 이걸 기회랍시고 휘발유 가격을 담합한 겁니까? 소장 나오라고 하세요!"

"그게……."

"어서요!"

"아… 죄송합니다. 잠시만 기다려주십시오……."

아우들을 모는 부유층 사람이었다. 아니면 귀족이거나 정부에서 높은 직책에 있는 사람일 수도 있었다.

그의 항의에 주유소 직원이 소장을 불렀고 소장이 항의를 듣고 항변했다.

"아니, 다른 가게부터 보시고 이야기 하시죠!"

"뭐라고……?"

"지금 우리도 팔 기름이 없어서 오늘은 다섯배지만 내일 은 열배로 팔아야 됩니다! 지금 나라 상황이 어떤 줄 아십 니까?! 억울하면 신고를 하시던가요!"

"……!"

저자세로 나올 것 같았던 소장이 도리어 고함을 치고 호 통을 치자 부호가 인상만 썼다.

그리고 휘발유 가격을 보고 한숨을 쉬었다.

'오늘 기름이 바닥만 안 났어도……!'

돈은 있으니 급하게라도 휘발유를 넣을 수밖에 없었다.

그저 평소보다 몇 배에 이르는 가격으로 사는 것이 아까 울 뿐이었다.

그리고 다음 날이 되자 휘발유 가격이 다시 급등했다.

런던에서 시위가 일어났다.

"원유를 수입하라! 수입하라! 수입하라!

"국고에 비축한 원화를 대체 어디에다가 쓰는 거야?! 머 저리 귀족 놈들 때문에 등유조차 못 사잖아!"

"몇 배나 오른 휘발유 때문에 화물차 회사들이 망할 판이 야!"

"원유를 수입하라! 수입하라!"

"와아아아~!"

석유가 주는 삶의 영향이 엄청났다.

전등을 쓰지 않는 집에선 여전히 등잔으로 불을 켜고 있었고 그것으로 난로를 켰다.

또한 휘발유로 화물차와 각종의 차를 움직이고 있었다.

때문에 높게 치솟은 등유와 휘발유 가격은 영국의 귀족과 부유층 서민들에게 악영향을 끼칠 수밖에 없었다.

특히 정부 장관을 맡는 귀족들이 크게 욕을 먹었다.

분노한 사람들이 입을 가리지 않고 욕하면서 귀족의 명예가 실추되고 있었다.

집무실에서 보고를 들은 조지 5세가 분노했다.

"놈들은 짐의 백성이 아니란 말인가?! 원화로 원유를 수입하는 순간, 우리 스스로가 파운드화를 기축통화에서 끌어내리는 것과 같아!"

"지식인들도 가두행진에 가담했습니다……."

"머리에 똥만 차 있는 것들일세, 그놈들은!"

자신의 생각과 결정을 따르지 않는 것 같았다. 때문에 영국 국민들을 상대로 조지 5세가 크게 분노했다.

비록 영국이 입헌군주국이었지만 그 나라의 모든 것은 영국 국왕의 것이라고 법적으로 명시되어 있었다.

단지 명예에 따라 처신할 뿐이었다.

생각을 조금만 달리해도 독재자가 될 수 있었다.

시위가 일어난 보고가 전해진 와중에 총리인 로에게 급보가 전해졌다.

"이런……."

옅은 탄식을 듣고 조지 5세가 물었다.

"무슨 일인가?"

"국내 기업들 중 일부가… 고려의 회사를 상대로 원자재를 팔면서 원화 결제를 했다 합니다……."

"뭐라고?!"

"우리 기업들이 무역에 파운드를 쓰지 않고 원화를 썼습니다… 폐하……."

"어…어떻게 이런 일이……!"

어떤 희생을 치르더라도 막으려고 했던 저지선이었다.

그것은 대영제국의 영광을 드러내는 마지막 상징이었다.

영국의 기업이 파운드화가 아닌 원화로 무역을 했고 그로 인해 영국 정부의 노력과 인내가 단숨에 무너졌다.

조지 5세가 하늘을 보면서 통탄했다.

"어떻게 이럴 수가 있단 말인가?! 수백년 동안 이어져온 대영제국의 자존심이 어찌 짐의 시대에서 이렇게 허망하게 무너질 수 있단 말인가?! 그것도 미개한 나라로 알려졌었던 고려에게 말이다!"

"폐하……."

"세계를 지배해왔던 파운드가… 고려 통화에… 이렇게 무너질 수 있다니……."

마지막 보루가 무너지는 것 같은 슬픔을 느꼈다. 그러나 그마저도 어쩔 수 없었다.

버티고 버텨서 패하는 것이 유일한 결과였다.

마치 조선이 미래를 내다보고 모든 판세를 그리는 것 같은 느낌을 받았다.

오스만제국이 통치하는 땅을 나눠 가질 때를 기억했다.

"놈들이 아라비아 땅을 가져갈 때부터 알아봤어야 했어……."

막대한 유전 매장지를 조선이 가져갔던 순간을 기억했다. 자신과 영국 정부의 어느 누구도 그곳에 대량의 유전이 매장되어 있을 거라고 생각하지 못했다.

그 순간부터 영국은 이미 조선에게 미래를 양보한 셈이었다.

더 이상 발버둥 쳐도 소용이 없었다. 창문 밖에서 런던 시민의 목소리가 울려 퍼지고 있었다.

"원유를 수입하라! 수입하라! 수입하라!"

회한에 찬 시선으로 조지 5세가 로에게 지시했다.

"원화로… 결제해도 된다고 우리 기업들에게… 전하게……."

"예! 폐하……!"

눈이 벌겋게 되었다. 조지 5세가 소매로 적셔진 눈을 닦고 제자리로 돌아갔다.

얼마 뒤 영국 내 기업들에게 원화 결제를 해도 된다는 정부의 지침이 떨어졌다.

직후 조선과 아라비아를 상대로 원유 수입에 나섰고 한

달 안으로 영국의 등유 가격과 휘발유 가격이 안정되기 시작했다.

영국 정부의 지침을 들은 조선 대신들이 크게 기뻐했다.

"크하하하!"

"우리 원화가 파운드화를 대신해 무역 화폐로 쓰이다니! 세상에 이런 날도 있습니까?"

"그러게 말이오! 정말 감히 생각하지 못한 일이오! 우리 화폐가 영길리 화폐를 제치고 기축 통화로 쓰이다니! 이제 우리가 금리를 어떻게 정하느냐에 따라 세상의 자본이 따라 흐를 것이오!"

칠순이 넘은 탁지부대신인 어윤중이 소리 내어 웃었다.

학부대신인 주시경과 법부대신이 이준도 환하게 웃었고 행정부의 분위기는 장성호와 김인석을 통해서 이희에게 전해졌다.

대신들의 기뻐함은 곧 백성들의 기뻐함이었다.

새소식과 신문으로 원화가 서양에서 무역화폐로 쓰이게 된 사실을 백성들이 알았다.

환호가 없었지만 마치 귓가에서 그것이 울려 퍼지는 것 같은 느낌을 받았다.

기뻐하며 이희가 장성호에게 물었다.

"이제 우리의 원화가 파운드화를 제쳤으니 나라에 어떤 이점이 있는가?"

이내 대답을 들었다.

"원화를 통해서 다른 나라에게 외교력을 발휘할 수 있습니다."

"예를 들면?"

"원화 결제를 막아 버리는 것만으로 경제제제와 무역봉쇄를 벌일 수 있습니다. 물론 그것은 극단적인 일이고 그렇게 하기도 쉬운 일은 아니지만 각 국은 그 점을 조심하며 우리의 눈치를 살필 수밖에 없습니다. 우리가 추구하는 가치를 조금이라도 따를 수밖에 없습니다. 하지만 그것보다 더 큰 이점이 있습니다."

"어떤 이점이 말인가?"

"채권을 발행하고 그 채권을 외국에서 사들였을 때 우리 스스로 채권을 무력화시킬 수 있습니다."

"화폐 발행으로 말인가?"

"그렇습니다. 그리고 전쟁을 치를 때도 보다 쉽게 채권을 발행할 수 있습니다. 이 또한 그렇게 하는 것이 좋은 것은 아니지만 원화가 기축 통화가 아닐 경우에 하는 것보다 부담이 덜합니다. 조선 경제의 운명을 조선이 결정지을 수 있습니다."

설명을 듣고 이희가 한번 더 미소 지었다.

그리고 기축통화국이 된다는 것이 얼마나 대단한 일이 되는 것인지를 깨달았다.

그 길을 열어준 사람이 너무나 고마웠다.

"유 과장이 대업을 성취했군."

"예. 폐하. 유 과장의 말대로 하신 것이 주효했습니다."

"그는 오늘 쉬고 있는가?"

"예. 폐하. 조선을 유람하다가 내일 한양에 돌아올 것입니다."

"빨리 보고 싶군. 그리고 조선을 위한 이야기를 더 많이 하고 싶다."

"신도 그러하옵니다. 폐하."

성한이 세운 공이었다. 그 공은 조선을 절대적인 강국으로 올려놓는 것과 같은 일이었다.

성한이 돌아오면 훈장을 수여해야겠다는 생각을 했다.

그러면서 돈과 관련된 다른 보고를 살피기 시작했다.

외부와 법부에서 조선외환은행과 관련 된 보고가 올라와 있었다. 보고문을 받고 이희가 두 사람에게 물었다.

"인도 독립을 위한 자금이 우리 외환은행 계좌에 예치되었다고?"

"예. 폐하."

김인석의 대답에 이어 장성호가 자세한 첩보를 알려줬다.

"영길리가 독일과 전쟁을 치를 때 인도 식민지를 독립 시켜준다는 조건으로 식민지에서 징집했던 일이 있었습니다."

"그랬지."

"그 약속을 영길리가 무시했고 인도인들은 총독부를 상

대로 계속해서 독립을 요구하고 있는 상태입니다. 그리고 영길리가 탄압을 벌이면서 독립운동을 전개하는 인도인들의 자본을 압류하고 있습니다. 그중 일부가 압류를 피해 조선외환은행의 계좌를 개설하고 운동자금을 예치한 겁니다."

"영길리가 자본 줄을 끊으려고 안간힘을 쓰겠군."

"우리 조정에 예금을 되찾겠다고 공문이 올 수도 있습니다. 범법 자금이라는 논리를 펼칠 수 있습니다."

"짐은 그 돈을 주고 싶지 않은데 어떻게 하면 좋겠나?"

"전에 유 과장과 나눴던 이야기가 있습니다. 예금주의 정보를 절대 공개하지 않는다는 원칙을 말입니다. 정치범은 나라에 따라 유죄가 무죄가 될 수도, 무죄가 유죄가 될 수도 있습니다. 그리고 인도에서 독립운동을 벌인 정치범은 절대 조선에서 죄인이 아닙니다. 그저 원칙대로 하시면 될 것 같습니다."

장성호의 의견을 듣고 이희가 고개를 끄덕였다. 그리고 그에게 황명을 내렸다.

"짐이 전에 각 민족에게는 자결권이 있다고 선포한 적이 있다. 그리고 인도는 영길리로부터 독립해야 된다는 게 짐의 생각이다. 그러나 세상에 정의라는 것이 있다. 누가 생각하더라도 선이라 여길 수 있는 조치를 내리도록 하라. 국익은 그 뒤에 생각하겠다."

"황명을 받들겠습니다. 폐하."

영국이 조선에 요구할 수 있는 것을 대비했다.

그리고 영국과 인도의 상황을 유심히 지켜봤다.

인도 식민을 세계 대전에 참전시킨 영국이 독립 약속을 깨버리고 계속해서 인도를 통치했다.

인도 안에서 독립을 외치는 사람들의 목소리가 커져 갔다. 그중 한 무리는 무장 독립 투쟁을 외치기도 했다.

사람을 시켜 조선외환은행에 그동안 모은 자금을 예치시켰다. 그리고 인도에 주둔하고 있는 영국군에게 무리의 우두머리가 잡혀서 형무소로 끌려갔다.

고문을 당하면서 동료들에 대한 정보를 요구받았다.

"대답해라. 가담한 자가 누구인지."

"으으……."

"어서!"

퍽!

"큭!"

"어서 말해!"

곤봉을 든 영국군 장교가 인도독립투쟁에 가담한 인물이 누구인지 물었다. 그의 물음에 천장에 거꾸로 매달린 우두머리가 침을 뱉었다.

그리고 피로 범벅 된 얼굴에 미소를 띠면서 말했다.

"인도인 전부가 가담자다……."

"개소리를… 뭐 하나?! 바른 말이 나올 때까지 더 패!"

장교가 물러나면서 지시했고 몽둥이를 든 부사관들이 다

시 구타를 시작했다.

고문실에서 계속 신음소리가 울려 퍼졌고 어느 순간부터 둔탁한 소리만 울려 퍼질 뿐 더 이상 신음 소리가 나지 않았다.

그것을 이상하게 여긴 장교가 고문 받던 이의 상태를 확인했다. 숨소리가 들리지 않았다.

"이런⋯⋯."

"죽었습니까?"

"그래. 허약한 놈이로군."

"죄송합니다⋯⋯."

"아니다. 어차피 죽일 놈이었으니까. 다만 죽더라도 입을 열길 바랐는데 마지막까지 불지 않는군. 다른 놈에게서 정보를 구해야겠어."

"예. 수사관님."

"송장을 치우고 다른 놈을 데리고 와. 놈에게 물어야겠어."

"예."

인도의 독립을 소망하면서 마지막까지 입을 열지 않았다. 끝내 숨이 끊어지면서 영국군으로부터 고문을 받던 이의 시신이 밖으로 보내졌다.

형무 밖의 빈들에 버려지다시피 땅에 묻혔고 거기엔 십자 형태의 나뭇가지 묶음이 박히면서 무덤이라는 것이 표시됐다.

그리고 그를 따랐던 이가 똑같이 고문을 받았다.

그로부터 영국군이 일부 정보를 구했고 그중 하나는 인도 독립자금이 조선외환은행의 계좌에 예치되었다는 정보였다.

그 보고가 영국 본국 정부에 전해졌다.

"고려의 외환은행에 반군의 자금이 예치됐다고?"

"예. 폐하."

"그렇다면 설마 고려가 식민지 반군을 돕고 있는 것인가?"

"그렇지는 않은 것 같습니다."

"무엇을 근거로?"

"고려의 외환은행은 환전 업무를 주로 보지만 고객의 정보를 철저하게 지켜준다는 것을 원칙으로 계좌 개설과 예치를 유도하고 있습니다. 순전히 자국의 이익을 위해서 은행을 설립했는데 반군이 그들의 은행을 이용한 것뿐입니다. 때문에 고려가 적극적으로 반군을 돕는 것은 아닙니다."

"예치된 금액이 얼마나 되나?"

"어느 정도의 반군을 무장시킬 수 있는 수준입니다. 군자금과 다를 바 없습니다."

보고를 듣고 조지 5세가 앤드루 보너 로에게 물었다.

"그 돈이 분명히 짐의 땅에서 나온 돈이 아니겠는가?"

"예. 폐하."

"고려가 강국이지만 짐은 해야 할 말을 하고 요구할 것이다. 고려 정부에 공문을 보내서 그 돈을 돌려달라고 요구하라. 절대 반군에게 그 돈이 전해져서는 안 된다."

"알겠습니다. 폐하."

영국 정부에서 조선 조정으로 공사관을 통해 공문이 전해졌다. 그리고 보고를 받은 이희가 헛웃음을 지었다.

"우리에게 인도 반군의 군자금을 돌려 달라?"

"예. 폐하."

"우리 예상대로 돌아가는군."

앞에 김인석과 장성호가 있었고 조선을 유람하다가 한양으로 돌아온 성한도 있었다.

성한은 장성호로부터 조선외환은행에 관한 일과 인도와 영국에서 일어난 일에 대해서 이야기를 들었다.

장성호가 정보국에서 얻은 첩보를 이희에게 보고했다.

"외환은행의 예금주의 이름은 카람코 하싱입니다. 반군의 지도자이기도 합니다."

"반군의 지도자라?"

"이번에 고문을 받다가 사망했다는 이야기가 있습니다."

"그렇다면 예금은 어떻게 되는가?"

이희의 물었고 이내 대답을 들었다.

"조선외환은행에 귀속됩니다."

"그게 가능한가?"

"예. 폐하. 하싱의 예금은 인륜을 저버린 죄로 얻은 자금이 아닙니다. 또한 인도 반군은 독립을 원하는 집단이지 무뢰배 같은 이들이 아닙니다. 때문에 범죄 자금이 아니라 정치 독립자금에 가깝습니다. 영길리에 환수하지 않으셔도 됩니다."

장성호의 대답 끝에 성한이 이야기를 덧붙였다.

"영길리가 환수를 원한다면, 예금주 본인이나 대리인이 조선에 와서 출금을 하면 됩니다. 혹은 조선외환은행에서 증명된 이에게 상속이 가능합니다. 조선 밖에서의 문서나 신분 증명은 무용합니다."

"그런 것들이 없고 할 수 없다면 외환은행에 하싱의 예금이 귀속되겠군."

"예. 폐하. 그렇게 하셔도 됩니다. 그렇게 하시는 것이 정의와 예금주의 정보를 지키시는 것입니다. 영길리는 절대 반군의 자금을 가져갈 수 없습니다."

김인석이 이희에게 말했다.

"이제는 없을 일이지만, 폐하께서 상해의 덕국 은행에 상당한 자본을 예치시켰을 때, 이 나라가 다른 나라의 식민 지배를 받으면서 필요한 군자금을 적국으로부터 잃게 된다면 우리 백성들이 허탈하고 크게 슬퍼할 것입니다. 그것과 입장이 다르다고 해서 우리의 처신도 달라서는 절대 아니 될 것입니다."

김인석이 한 이야기는 역사였다. 그것도 조선이 10여년 전에 겪을 뻔했던 비극적인 역사였다.

그의 이야기를 듣고 이희가 눈치를 챘다. 그리고 김인석과 장성호에게 황명을 내렸다.

"예금주 본인이 와야 한다는 원칙을 전하라."

"예! 폐하!"

이내 주조선영국공사관으로 조선 외부의 답변이 전해졌다. 보고를 들은 조지 5세가 눈가를 씰룩였다.

"예금이 되어 있다면 예금주가 와야 출금할 수 있다고? 예금주라면 반군 지도자인 하싱을 말하는 것인가?"

"예. 폐하."

"그 돈이 대영제국에서 불법적으로 쓰이는 돈인데 말이 된다고 생각하나?! 놈들은 범죄금은 환수될 수 있다고 미리 표명하지 않았는가?!"

"인륜을 저버린 범죄라고 했습니다."

"뭐라고?!"

"고려에게 하싱은 정치범으로 간주되고 있습니다. 그래서 환수되어야 하는 범죄 자금에 해당되지 않기에 수사를 진행하지 않는다고 합니다. 온전히 조선외환은행의 결정으로……."

"바보 같은!"

"조선외환은행에서는 계좌의 존재 자체도 밝힐 수 없다고 합니다… 죄송합니다. 폐하……."

로의 보고에 조지 5세가 주먹을 불끈 쥐었다. 하지만 그

194

것밖에 할 수 없었다. 분노를 드러내도 그것을 해소할 수 있는 방법이 없었다.

"빌어먹을! 짐의 대영제국이 이렇게까지 밀려나다니!"

결국 조선과 조선외환은행의 원칙을 들어줄 수밖에 없었다. 보복을 벌여볼까라는 생각을 했지만 더 큰 보복을 당할까 두려워 아무 것도 할 수 없었다.

하싱의 명의로 된 인도 반군의 예금은 하싱의 사망이 알려지면서 온전히 조선외환은행의 자본으로 귀속되었다.

이희가 보고를 받고 미소를 드러냈다.

"영길리의 자존심만 망가진 셈이군."

커피를 마시면서 김인석과 장성호와 함께 웃었다.

그들과 함께하고 있는 성한도 미소를 지으면서 일의 마무리에 기뻐했다. 인도 반군의 예금을 지켜주면서 따라오는 보상이 있었다.

"조선외환은행에 예금이 늘고 있습니다."

"다른 식민지 반군의 예금이 말인가?"

"그것도 있습니다만 다른 것입니다."

"어떤 것을 말인가?"

"동양 각국의 부호와 미리견의 부호, 불란서와 서반아, 이태리를 포함한 서양 각국의 부호가 계좌를 개설하고 예금하고 있습니다. 심지어 영길리의 부호와 귀족까지 말입니다. 영국 정부가 화났지만 오히려 영길리 귀족과 부호들은 조선외환은행의 보안을 신뢰하게 된 것 같습니다. 우리의 국익과 명예를 동시에 지켰습니다."

장성호의 보고에 이희가 한번 더 크게 웃었다.

그토록 커피가 달게 느껴질 수 없었다.

좋은 분위기에서 성한이 더 큰 길을 알려줬다.

"반군의 예금이 외환은행에 귀속되었지만, 그 금액이 정확히 기록되어야 합니다."

"어째서 말인가?"

"차후에 인도가 독립하게 되었을 때 그 나라 국민들을 위해서 쓰인다면 조선은행의 명예는 더욱 더 높아질 것입니다."

이야기를 듣고 이희가 고개를 끄덕였다. 이희는 성한과 함께 할 수 있다는 사실이 너무나도 감사했다.

세계 경제를 좌지우지하도록 만들면서 조선의 명예까지 지키는 일은 결코 쉬운 일이 아니었다.

그 공에 준비한 선물이 너무나 작게 느껴졌다.

이희가 책상 아래에서 함을 꺼내 성한에게 전했다.

궁내부 관리가 성한의 책상 앞에 함을 내려놓자 성한이 물었다.

"이것은 무엇입니까? 폐하?"

"짐의 모자란 선물이다. 열어보라."

"......?"

이희의 말을 따라 함을 열고 안에 담겨 있는 것을 봤다. 그 안에 무궁화 문양이 새겨져 있는 훈장과 약장이 있었다. 성한이 이희에게 물었다.

"폐하. 이것은……."

"짐과 총리가 직접 수여할 수 있는 국가영웅훈장이다. 수여식 없이 이렇게 주는 것에 대해 미안하게 생각한다."

"아닙니다. 폐하. 절대 그렇게 생각하지 않습니다."

"앞으로도 조선을 위해서 그리고 조미 양국의 우의를 위해서, 정의를 위해서 힘쓰고 지혜를 빌려 달라."

"예! 폐하! 황명을 받들겠습니다!"

성한이 감격하며 이희가 수여하는 훈장을 받들었다.

그 훈장은 태극무공훈장이나 태극명예훈장에 준하는 명예와 보상을 가진 훈장이었다.

외국인이 받으면 그만큼의 명예가 주어지고 그 외국인이 귀화하면 즉시 훈장에 해당되는 혜택을 받을 수 있었다.

성한에게 훈장을 주면서 마음에 담고 있던 미안함을 덜어냈다. 미소를 짓고 커피를 마저 마셨다. 그리고 다른 사안에 대해서 살피기 시작했다.

그것은 앞으로 오게 되는 큰 재앙이었다.

"일본에 대지진이 올 거라고?"

이희의 물음에 장성호가 대답했다.

"100년 안에 보지 못했던 큰 지진이 일어날 겁니다. 비록 일본과 전쟁을 치르기도 했지만 지금은 우리와 함께하는 나라인 만큼 일본에 찾아올 재앙을 미리 대비해야 됩니다. 그들이 재난을 겪었을 때 조선이 어떻게 행동하느냐에 따라서 두 나라의 미래가 갈릴 수도 있습니다."

1923년 여름을 지나고 있었다. 가을에 접어들 때 즈음에 발전을 이루는 일본에서 큰 재난이 닥칠 예정이었다.

그 재난은 원래 조선인들에게도 비극적인 일이었다.

그러나 역사가 바뀌었으니 그 비극은 절대 일어나지 않을 것 같았다.

오직 일본인들에게만 비극이 될 수 있는 일이었다.

그것을 지켜보느냐 마느냐는 천군의 선택이었다.

관동대지진

일본의 대통령이 새로 선출됐다. 새 대통령이 될 당선인은 불혹을 갓 넘긴 젊은 당선인이었다.

그는 일본이 생활이 어려운 국민들을 배려하고 빈민국을 도울 수 있는 나라가 되기를 원했다.

그 일을 이룰 수 있기 위해 일본이 강해져야 했다.

당선인이 대통령이 되기 전이었다.

임기 막바지에 있던 토고 헤이하치로가 대통령 당선인을 만났다.

당선인의 이름은 '후세 타츠지'였다.

토고가 후세에게 당부를 전했다.

"검사 출신이니 법에 대해서는 잘 알 것이라 생각하오. 하지만 나머지에 대해서는 언제나 부족하다는 생각을 가지시오. 나도 군에 대해서는 잘 알지만 나머지는 문외한이라 언제나 장관들의 힘을 빌렸소."

"명심하겠습니다."

"영국은 저녁 해와 같고, 조선은 새벽의 해와 같소. 영국의 시대는 이제 저물고 있지만 조선의 시대는 중천에 이르기까지 한참의 시간이 남아 있소. 그리고 중천에서 또 얼마나 머물지 모르오. 만국이 국력이 절정에 이를 때 이웃 나라를 침략하고 탄압하지만 조선은 절대 그러지 않았소. 그저 조선에 죄를 짓고 위협하던 무리들만 응징하고 제거했을 뿐 우리의 자주권을 지켜줬소. 그러니 절대 조선에 반감을 가져서는 안 되오. 또한 조선 외에 다른 나라와의 외교를 우선시해도 안 되오. 호랑이 등에 올라탔으면 내리지 말고 끝까지 함께 달리시오."

"예. 각하."

"내 당부를 지켜주기만 한다면 나는 걱정 없이 은퇴할 수 있을 것 같소."

토고는 백발이 가득했고 기력이 쇠했다.

젊은 후세의 눈동자를 보면서 토고는 자신의 당부를 지켜줄 것이라고 생각했다.

두달 후 후세에게 직위를 넘겨주고 일본 정계에서 완전히 은퇴했다.

어떤 말도 하지 않고 설령 일본이 망한다 하더라도 침묵을 지키겠다는 생각으로 고향에 돌아가 조용한 삶을 살기 시작했다.

신임 대통령이 된 후세는 조선과 외교 관계를 돈독히 하면서 일본의 제조업을 끌어올리기 시작했다.

각지에서 건설을 벌이며 건물을 지었고 그가 벌인 국책 사업은 일본 국민들에게 일자리와 소득을 안겨줬다.

그렇게 발전에 발전을 거듭하면서도 일하기가 힘든 빈민들의 삶도 살폈다.

조선에서 빈민을 구제하는 정책을 도입하고 기업인들과 부유층 대표들을 만나 그들을 지원하는 법 제정을 설득했다.

때문에 그의 인기와 지지도는 고공을 달릴 수밖에 없었다.

동경에 20층에 이르는 첫 건물이 지어지기 시작했다.

거중기가 높이 오른 가운데 후세가 그것을 보며 기대했다.

"10층도 아니고 20층이라니, 우리 건설 기술이 여기까지 성장하다니 대단하군요! 감회가 새롭습니다!"

"조만간 30층 건물 설계 기술도 확보할 겁니다. 20층 건물과 다른 점이 그리 없습니다."

"조선의 건축 기술을 많이 따라잡은 것 같습니다. 빨리 저 건물이 지어지고 우리 건설 기술력을 증명했으면 좋겠습니다. 우리도 조선처럼 당당한 나라가 되길 소망합니다."

어느 순간부터 조선에 고층 건물이 세워지고 30층을 넘나드는 건물 건설이 다반사가 되었다.

그런 앞선 건설 기술의 경험을 받아 일본의 건설 회사들이 성장했다.

그리고 첫 20층 건물의 착공이 이뤄졌다.

여태 조선의 건축기술을 빌려서 건물을 지었다.

그런데 그 건물은 조선의 도움 없이 일본의 건축 기술로 지어지는 첫 고층 건물이었다.

후세와 건설사 사장들뿐 아니라 일본 국민 전체가 잔뜩 기대했다.

20층을 뜻하는 '니마루'가 동경을 상징하는 건물의 이름이었다.

빛나는 내일을 기대하면서 열정적으로 나랏일을 살폈다.

또한 조선에서 오는 손님을 환대하면서 지난 비극을 지우고 우의를 돈독히 했다.

장성호가 일본을 방문해 후세를 만났다. 악수하면서 그와 함께 인사를 나눴다.

동그랗고 인자한 인상이 눈에 들어왔다.

"조선 특무대신 장성호입니다."

"일본 대통령 후세 타츠지입니다. 이렇게 보게 되니 참으로 기쁘군요."

"저도 일본 대통령 각하를 뵙게 되어서 영광입니다. 이번 방문에서 좋은 협의가 이뤄지기를 원합니다."

장성호는 조선의 실세였기에 후세는 그를 통해서 오는 일본 국민들을 위한 선물을 기대했다.

강경할 때 강경한 사람이기도 했지만 함께 할 때는 한없이 관대하고 인성이 바른 인물이라는 것을 알고 있었다.

후세가 장성호에 대해 알고 있는 것과 마찬가지로 후세에 대해서도 장성호가 알고 있었다.

'조선이 식민 지배를 받을 때, 검사직을 그만두고 변호사가 되어서 독립운동가들을 도와줬지. 그 시대에 조선인 편을 들면서도 반역자로 몰려 처형당하지 않았으니 그 처신과 능력이 얼마나 대단했을까. 비록 역사가 바뀌었지만 현명함만큼은 바뀌지 않았을 거야.'

역사 속에서 후세가 얼마나 선했던 인물인지 알고 있었다.

때문에 직접 만나고 있는 후세도 그와 비슷할 것이라고 생각했다.

정의를 지킬 줄 알고 지혜 있는 자라고 생각했다.

새로 지어진 일본 대통령궁 응접실이었다.

그곳에서 장성호가 후세와 차를 마시면서 이야기했다.

축구와 야구에 관한 이야기로 가볍게 시작한 뒤 본격적으로 그가 일본에 온 이유에 대해서 말하기 시작했다.

장성호가 후세에게 말했다.

　"오다보니 공사 중인 고층 건물이 보이던데……."

　"아, 니마루 빌딩을 보셨군요. 조선의 도움으로 실력을 기른 우리 건설회사가 건설 중인 건물입니다. 내후년에 완공될 겁니다."

　"니마루가 완공되면 따라 많은 고층 건물들이 들어서겠군요."

　"그렇게 될 것이라고 봅니다. 그리고 그것을 통해서 국민들에게 많은 일자리와 임금이 제공되리라고 생각합니다. 건설은 국가 발전에 중요한 산업입니다."

　후세의 대답을 듣고 장성호가 잠깐 미소를 지었다.

　이내 그것을 지우고 진지한 말투로 물었다. 응접실의 공기가 달라졌다.

　"각하께 여쭙고자 하는 것이 있습니다."

　"무엇입니까?"

　"일본은 지진의 나라가 아닙니까? 수시로 땅이 흔들리고 국민들도 꽤 익숙한 것으로 압니다."

　"아, 맞습니다. 분명히 지진의 나라죠. 혹시 오셨을 때 지진이 있었습니까?"

　"없었습니다."

　"혹시라도 지진이 오게 되면 놀라지 말고 이렇게 계속 차를 드시면 됩니다."

　후세가 찻잔을 들었고 장성호가 또 한번 미소를 지었다

가 지웠다. 그리고 후세에게 진짜 질문을 했다.

"일본에 큰 지진이 온지 얼마나 됐습니까?"

"예?"

"신문이나 방송, 혹은 서양마저 놀랄 정도로 큰 지진이 온지 얼마나 됐습니까?"

"……."

"제 기억으로는 70년 전의 동해지진 이후로 없었던 것 같습니다만?"

"……."

장성호의 물음에 차를 마시던 후세의 손이 멈칫했다.

장성호가 말하는 동해는 조선과 일본 사이에 있는 조선해가 아니라, 일본이 일본해라고 부르는 태평양 연안 해역, 특히 동경 앞바다를 두고 하는 말이었다.

장성호의 물음에 후세가 찻잔을 내려놓으면서 말했다.

"확실히 그때 이후로 큰 지진이 온 적은 없었습니다."

"지진이 어떤 원리로 일어나는지는 알고 있습니까?"

"잘 모릅니다. 하지만 신이 일으키는 것이 아니라는 것은 압니다."

"우리가 서 있는 땅이 그저 가만히 있는 것은 아닙니다. 화산이 폭발하는 것만 보더라도 알 수 있는 사실입니다. 복잡한 원리는 생략하고 땅은 움직이고 있다는 것이 학계의 정설로 받아들여지고 있습니다. 아메리카 대륙 서부 해안선과 유럽 아프리카의 동부 해안선을 비교했을 때 대충

끼워 맞춰지는 것만 봐도 알 수 있고 말입니다. 당연히 일본의 땅도 움직이고 있습니다. 그리고 움직이는 땅이 어떤 마찰에 의해서 휘어지다가 부러졌을 때……."

"지진이 일어난단 말입니까?"

"그렇습니다. 그리고 지진 주기의 시간 간격이 길어질수록 큰 지진이 올 확률이 큽니다. 그러니 지금부터 대지진이 오는 것을 경계해야 됩니다."

"……."

"제가 일본에 온 것은 일본에 재앙이 올 수도 있다는 것을 알려주기 위함입니다."

장성호의 이야기를 듣고 후세의 관자놀이에서 식은땀이 흘러내렸다.

등골이 싸늘해지면서 창문으로 시선이 향했고 공사가 이뤄지고 있는 니마루 빌딩을 봤다.

그리고 마치 뭔가를 부정하듯 고개를 가로저었다.

섬뜩하게 찾아온 긴장감을 누그러뜨리고 침착하게 장성호에게 말했다.

"그래도 설마 빠른 시일 안에 일어나겠습니까?"

"일어날 수도 있습니다."

"지진이 오는 것을 미리 예측할 수 있는 것도 아닌데…그런 지진이 오는 것을 두려워서 건설을 중단할 수도 없습니다."

긍정적으로 생각해보려고 했다.

그러나 후세 앞에서 장성호는 한없이 굳은 표정을 짓고 있었다.

그가 한숨을 쉬면서 후세에게 말했다.

"그러면 이렇게 합시다."

"어떻게 말입니까?"

"조선에서도 미약하지만 지진이 일어나고 있고 태백산 주위에선 수시로 지진이 일어납니다. 우리에겐 지질을 조사하는 기술을 가지고 있고 실제로 사람이 느낄 수 있을 만한 지진을 예보한 적도 있습니다. 그래서 더 이상 조선에서는 하늘신이 분노해서 지진을 일으킨다는 말이 더욱 통하지 않게 되었습니다. 우리 기술자들을 보낼 테니 지질 조사를 할 수 있도록 협조를 부탁드립니다."

"……."

"일본을 위한 길입니다."

일본을 위한 길이라는 말에 후세가 고개를 끄덕였다.

"알겠습니다. 그러면 조사를 허락하겠습니다. 부디 우리에게 찾아올 재난을 대비하게 해주십시오."

"알겠습니다."

장성호가 대답하면서 생각했다.

'어차피 지진 날짜와 진앙지도 알고 있어. 구색 정도는 맞춰줘야 믿을 수 있겠지.'

후세가 믿도록 만들기 위해 조선의 지질학자를 일본에 보내기로 했다. 그들은 천군이었다.

다음 날 곧바로 학자들이 여객기를 타고 조선해협을 건
넜고 동경에 도착해서 동경현 외곽에 탐지 장비들을 설치
했다.

폭약이 터지면서 지진계에 진도가 기록됐다.

학자들이 분석하면서 대지진을 일으키는 단층을 찾아냈
다고 보고를 올렸다.

그러한 보고서가 후세에게 전해졌다.

"조만간에 대지진이 올 거라 말입니까?"

"그렇습니다."

"이것을 정녕 믿을 수 있는 겁니까?"

"믿고 말고는 자유입니다. 하지만 지진이 크게 일어났을
때 각하께서 그 문서를 신뢰하지 않았을 때의 여파는 상상
을 초월합니다. 한달 안에 지진이 일어날 겁니다."

"맙소사⋯⋯."

믿어지지가 않아서 몇 번이나 보고서를 읽었다.

장성호는 불신의 후과를 경고하면서 후세에게 잔뜩 겁을
줬다.

결국 보고서를 믿고 후세가 물었다.

"그러면 어떻게 해야 됩니까?"

장성호가 어떤 조치를 내려야 하는지를 알려줬다.

"예상 진앙지에서부터 반경 100km까지 주민들을 소개,
대피시키고, 다시 200km까지 넓은 평야나 학교 운동장
으로 주민들을 대피시키는 훈련을 벌이십시오. 이번 지진

210

은 분명히 큰 지진이고 지진을 일으키는 곳의 단층이 깨지
면 인근의 다른 단층도 연달아 깨질 겁니다. 본진에 맞먹
는 여진이 연달아 터질 테니 대비를 단단히 해야 합니다.
내일 바로 발표하십시오."

청천병력이 따로 없었다. 장성호의 이야기를 듣고 후세
의 머릿속이 비워졌다.

그러다가 밖을 한번 쳐다보고 장성호에게 말했다.

"여태까지 이룬 발전을 포기해야 됩니까?"

장성호가 후세의 이성을 깨웠다.

"사람의 목숨보다 소중한 것이 없습니다. 밖에 보이는
건물이 무너지면 그것을 다시 세울 때 우리가 도울 것입니
다. 주민들에 대한 천막과 식량, 침낭 지원은 무상으로 해
드리겠습니다."

특무대신이 전하는 조선의 약조를 듣고 후세가 고개를
끄덕였다.

다음 날 방송과 신문을 통해서 중대발표를 전했다.

조선의 지질학자가 동경에 와서 지하를 분석한 결과, 한
달 안으로 대지진이 올 것이 분명하며 예상 진앙지를 중심
으로 반경 100km 지역에 속한 모든 주민들이 대피를 해
야 한다는 내용이었다.

그리고 조선에서 천막과 생필품 지원, 식량 지원이 무상
으로 이뤄질 것이라고 사람들에게 알렸다.

발표를 들은 일본 국민들은 큰 혼란에 빠졌다.

"아니, 집을 비우고 떠나야 한다고?"

"이게 대체 무슨 날벼락이야?"

갑자기 피난을 떠나야 한다는 사실이 믿어지지 않았다.

지진이 일어난다는 사실 역시 믿어지지 않았다.

"지진이 반드시 일어난다고? 그동안 큰 지진 없이 잘 지냈는데 갑자기 대지진이 온다고 난리인 거야?"

"지진이 안 온지 오래되어서 크게 일어난다고 하잖아요. 새소식에서도 그렇게 말했어요."

"참 나."

고집불통인 노인이 기막혀 했고 그의 아내는 혹시나 하는 생각으로 남편을 설득했다.

결국 몇 번의 실랑이 끝에 정부의 조치를 따르는 사람들을 보면서 집을 잠시 비웠다.

사람들이 하는 이야기가 있었다.

"한달 이내에 온다고 하잖아. 그러면 한달 정도만 참으면 되는 거 아닌가?"

"어차피 집도 그대로 있을 테니, 각하와 조선을 믿어보자고."

"그래."

다른 나라도 아닌 조선이었다.

특무대신이 직접 데리고 온 조선인 학자들의 분석이었기에 조금이나마 신뢰를 가질 수 있었다.

그 신뢰가 큰 불안을 낳았고 어쩌면이라는 생각으로 사

람들이 움직였다.

경찰과 공무원들이 피난을 떠나는 사람들에게 주의를 당부했다.

"지진이 일어나면 집의 가재가 쓰러지고 전신주가 쓰러지면서 합선이나 과전류가 흐를 수 있습니다! 가스통과 연결된 호수도 끊어질 수 있으니, 반드시 전원 차단기를 내리고 가스통을 잠그십시오! 그래야 화재를 막을 수 있습니다!"

조선에서 온 학자들과 관리들의 지침이 그들을 통해서 널리널리 전해졌다.

요식업을 행하는 사람들과 집에서 전기를 쓰는 사람들이 가스통을 잠그고 전원 차단기를 내리면서 대피했다.

그러면서 그런 행동이 과연 필요할까 의심하기도 했다.

한달 뒤에 별일 없이 돌아오는 것을 생각했다.

"뭐, 작은 지진 정도는 일어나겠지."

"대비를 하지 않아서 큰일을 겪는 것보다는 나을 거야. 조선에서 잘 곳을 마련해주고 양식도 준다는데 한달 정도 천막에서 지내보지."

"정말로 대지진이 오는지 두고 보자고."

반신반의 하면서 진앙지에서 100km 밖으로 향했다.

조선에서 보내진 대량의 천막이 동경을 벗어난 주민들에게 임시 대피소가 되었다.

천막 중에는 조선군이 사용하는 군용 천막도 있었다.

피난촌을 형성하면서 식량 배급이 이뤄지고 불편하지만 덜 불안한 시간을 주민들이 보내기 시작했다.

후세는 계속해서 동경에 남았다.

그와 일부 장관과 공무원들이 대통령궁에 남아서 계속해서 업무를 봤다.

장성호가 후세를 찾아갔다.

"각하께서는 대피를 하지 않으십니까?"

대피하지 않는 이유를 물었고 후세가 대답했다.

"국민은 대피하더라도 저는 이 자리를 지켜야 합니다."

"지진이 일어났을 때 대통령궁도 무너질 수 있습니다."

"압니다. 하지만 제가 이곳을 지키는 것이 원칙입니다. 만약 대통령궁이 무너져서 제가 죽는다면 부통령이 일본을 이끌게 될 겁니다. 그래서 부통령과 일부 관리들을 피난시켰습니다."

옅은 미소를 보이면서 장성호에게 말했다.

"저는 여전히 지진이 일어나지 않기를 원합니다. 설령 국민들로부터 지금의 조치를 내린 것에 대한 욕을 먹더라도 말입니다. 하지만 그것보다 더욱 괴로운 것은 저의 오판으로 국민들이 큰 희생을 치르게 되는 겁니다. 그 일이 무척 두렵고 그런 엄청난 후과를 알려주신 특무대신께 감사하고 있습니다. 설령 지진이 일어나지 않더라도 그 마음은 지워지지 않을 겁니다."

"……."

"특무대신께서도 안전한 곳으로 피하시기 바랍니다."

"……."

피하라는 후세의 말에 장성호가 침묵했다.

그는 집무실을 돌아본 뒤 후세의 책상을 손으로 짚었다. 그에게 마지막 안전을 당부했다.

"지진이 일어나면 저기 책장과 가구가 넘어질 수 있으니 책상 아래로 들어가서 피하시기 바랍니다. 그리고 직원들에게도 그렇게 말씀하십시오."

"알겠습니다."

발걸음을 돌리고 진앙지로부터 100km 떨어진 서쪽으로 향했다.

곧 일본 정부의 조치가 온 세상에 알려졌다.

지진을 미리 대비한다는 소식을 듣고 서양 각국이 비웃었다.

"지진이 올 것을 대비해서 천만명이나 되는 사람들을 피난시켰다고? 그게 대체 무슨 짓인지……."

"고려 외의 다른 동양 나라들은 미개합니다. 미개하기 때문에 그런 미친 짓을 벌일 수 있는 겁니다."

"애초에 지진이 어떻게 올 것이라고 예측을 했는지 알 수 없군. 한달 지나서 자신들이 국력을 낭비하는 짓을 했다고 생각하게 될 거요. 멍청한 일본 원숭이들 같으니."

프랑스 대통령인 밀랑과 총리인 레이그가 비웃었다.

조선에서 예측했다는 이야기가 있었지만 그것을 따른 일

본의 조치를 두고 비하했다.

그렇게 시일이 흘러갔다.

천막촌에서 지내지 못하는 일본 관동 지역의 주민들은 진앙지로 추정되는 곳에서 100km 이상 떨어진 도시의 주택에 다른 국민들과 함께 거주하면서 생활했다.

불청객의 난입에 집 주인은 정부의 조치에 불만을 가질 수밖에 없었다.

"젊은 정치인이라고 뽑았는데 이런 말도 안 되는 짓을 벌이다니……."

"피난민을 수용하지 않으면 처벌하겠다니… 세상에 이런 폭력 정부가 어디에 있어……?"

"다음 선거 때 심판해야 돼."

"암!"

모인 주민들이 이야기할 때마다 후세와 정부에 대해서 비난을 가하고 선거 날이 오기를 기다렸다.

천막촌으로 피난을 떠난 주민들은 한시 빨리 새소식 방송과 신문에서 알렸던 기한이 끝나기를 원했다. 집을 떠난 천막촌 생활이 고단했다.

"다 같이 지내니까 옷도 제대로 못 갈아입겠어."

"빨리 집에 돌아갔으면 좋겠어."

"정말 지진이 일어나기는 하는 걸까?"

집에 돌아가길 원하면서도 불안감에 천막촌 생활을 버티고 또 버텼다.

정오가 거의 다 되었을 무렵이었다.

점심 식사를 하기 위해 배급을 받으려고 나온 주민들이 나무식판에 닭고기 죽을 받고 있었다.

그때 하늘로 까마귀들이 날아올랐다.

까악~! 까악~!

"음?"

드드드득…….

"어?"

"지…지진이다?"

쿠쿵!

"우와악~!"

여태 느껴본 지진의 느낌과 전혀 달랐다.

세찬 흔들림에 탁자 위에 쌓여 있던 식판이 쓰러졌고 서 있던 사람들이 비틀거렸다.

튼튼하게 세워져 있던 천막도 삐걱거리면서 흔들렸다.

천막촌을 감싼 숲의 나무들도 마치 우는 듯이 흔들렸고 앉아서 쉬고 있던 나머지 새들도 한꺼번에 날아올랐다.

갑작스럽게 찾아온 지진에 만명 단위로 거주하는 천막촌이 정적에 빠져들었다.

그리고 침묵을 깨는 사람들의 이야기가 조금씩 나오기 시작했다.

"설마… 이 지진이야……?"

"그런 것 같은데……?"

드드드드…….

"어, 설마?!"

쿠쿠쿵!

"우왁! 또다!"

연달아 지진이 찾아들었다.

큰 지진이 찾아오고 이어 그것에 비교할 만큼 큰 지진이 다시 찾아들었다.

땅의 진동이 잦아들려고 할 때 또 한번 크게 흔들렸다.

세번째였다.

"뭐야?! 이거 대체?!"

세상에 살면서 그런 지진이 처음이었다.

5분 동안 대지가 뒤틀리고 나서야 땅이 진정되었다.

지진이 일어난 전후로 사람들의 표정이 바뀌었다.

"맙소사……!"

대통령궁의 일부가 무너졌다.

그러나 콘크리트로 튼튼하게 지어졌기에 외벽이 무너지고 취약한 부위만 무너졌을 뿐 대통령 집무실과 많은 방들은 온전했다.

그저 책장과 가구가 쓰러지고 모든 집기가 바닥으로 떨어졌을 뿐이었다.

책상 밑으로 피했던 후세가 덜덜 떨면서 밖으로 나왔다.

"무슨 지진이… 어떻게 이런 일이…….."

문이 덜컥 열리면서 비서실장이 안으로 들어왔다.

"각하! 괜찮으십니까?"

"괘… 괜찮습니다. 비서실장은요……?"

"저도 괜찮습니다!"

"머리에서 피가…….'"

"아……!"

비서실상의 머리 옆쪽으로 피가 흘러내렸다. 소매로 피를 닦으면서 비서실장이 말했다.

"액자가 떨어지면서 유리가 튀었습니다. 괜찮습니다."

"정말 큰 지진이었습니다…….'"

"예. 각하…….'"

"살면서 이런 지진을 다 경험하게 되는군요… 정말로 이런 지진이 일어나다니… 국민들의 피해는 어떻습니까?"

"곧바로 집계를 시작했습니다. 그런데… 밖이…….'"

"예?"

"직접 보시는 것이 나을 것 같습니다."

비서실장의 시선이 창문으로 향했다.

그리고 후세가 창가로 가서 대통령궁 밖의 상황을 살폈다.

공사 중이던 니마루 빌딩이 보이지 않았다.

"맙소사… 어떻게 이런 일이…….'"

모든 것이 무너졌다. 창밖으로 보였던 건물 중 남아 있는 건물이 거의 없었다.

철근과 콘크리트로 지어진 일부 건물만이 힘겹게 버티면

서 서 있었다.

일본에서 큰 지진이 일어났다.

그 소식은 조선과 외국 기자들을 통해서 빠르게 세상에 전해졌다.

밀랑이 보고를 받고 놀라 벌떡 일어났다.

"일본에서 대지진이 일어났단 말이오?"

"예. 각하."

"정말로 지진이 일어나다니… 규모가 얼마나 되오?"

"완파입니다."

"완파……?"

"토쿄를 중심으로 하는 일본 관동 지역 대부분이 파괴되었습니다. 목조건물은 물론이고, 석조건물들까지 모두 무너졌습니다. 철근과 콘크리트로 지어진 건물만이 남아 있습니다."

"맙소사……."

"고려의 지진 예측이 맞았습니다."

아직 세상의 어떤 나라도 지진을 예측할 수 없었다.

오직 조선만이 지진을 예측했고 무너지는 건물더미에 깔렸어야 할 사람들을 살렸다.

며칠 뒤 천막촌과 피난지를 벗어난 주민들에게 일본의 지방 신문이 전해지면서 동경의 풍경을 보여주었다.

신문을 본 주민들의 눈동자가 휘둥그레졌다.

"세상에, 이게 토쿄야?"

"멀쩡한 건물이 하나도 없어…….”

"정말로 대지진이었구나…….”

100km 밖에서의 지진은 땅이 세차게 흔들리는 수준이었다.

그러나 진앙지 근처에서의 지진은 땅이 흔들리다 못해 아예 뒤집어질 정도로 강한 지진이었다.

대지진이 일어난 사실을 알고 피난민들의 생각이 바뀌었다.

"대통령 각하의 판단이 맞았어…….”

"미리 피하지 않았다면 정말 어떻게 됐을까…? 정말로 많은 사람들이 죽었을 거야…….”

"아니, 애초에 조선에서 지진이 일어날 거라고 알려주지 않았다면 전부 잔해에 깔려서 죽었어.”

"조선이 우리들을 살려줬어…….”

불신이 깨지고 보다 강한 신뢰와 믿음이 생겨났다.

일본 주민들의 반응이 그들을 돕는 조선인 관리들을 통해 이희에게 전해졌다.

보고를 받은 김인석이 조선 황제를 알현했다.

"우리가 지진을 예측한 덕분에 일본 국민들 사이에서 신뢰가 생겼습니다. 폐하와 조선 그리고 일본 대통령에게 고마움을 나타나고 있습니다. 불편한 생활을 하는 불만이 모두 사라졌습니다.”

"경이 짐에게 이야기했던 그 일도 없겠군.”

"예. 폐하. 동경에서 소규모 화재가 일어났는데 그 이유도 명백히 밝혀졌습니다. 만약 일본에서 선동하는 이가 있다면 즉시 체포되어서 내란죄로 죄를 엄히 물을 것입니다. 일본 대통령이 가만히 있지 않을 겁니다."

지진이 일어난 이후 일제가 불안한 민심의 신선을 돌리기 위해 지진으로 인해서 일어난 화재를 조선인의 방화라 주장하면서 집단 학살을 벌인 적이 있었다.

그 역사를 이희가 알고 있었다. 미래에서 온 후손들에게 이야기를 듣고 일본에 대한 분노를 이겨냈다.

그가 알고 있는 일본과 현실의 일본은 매우 달랐다. 그리고 조선은 당당한 대제국이었다.

일본의 재건을 돕기로 했다.

"특무대신에게 사람들이 납득할 수 있는 수단으로 일본을 재건하라 전하라. 이를 통해 짐은 조일 양국의 우의를 한번 더 드높일 것이다."

"황명을 받들겠습니다. 폐하."

여진이 계속해서 일어나고 있었지만 지진이 어느 정도 진정됐다.

동경 복판에서 버틴 일본 정부도 이내 제 기능을 찾고 피해 집계를 벌이기 시작했다.

소규모로 일어났던 화재도 전부 진압했다.

"당분간 시부야와 신주쿠 일대에 송전을 중단해. 전기를 쓰는 사람도 없으니까."

"피난을 떠나지 못한 사람들이 있을 수도 있어. 잔해 아래를 샅샅이 뒤져!"

재난대책본부의 공무원들이 바삐 움직이면서 소리쳤다.

폐허가 된 시가지 사이로 공무원들이 지나고 구조대가 따라 움직였다.

혹시라도 남은 주민이 폐허 더미에 깔려 있는 것은 아닌지 살피기 시작했다.

그리고 조선을 비롯해 중화민국과 초나라, 유구국, 몽골 등에서도 구조대를 보냈다.

도끼와 망치로 잔해더미를 깨면서 아래에 갇혀 있는 사람을 찾았고 또 구해내기까지 했다.

피난을 떠날 수 없었던 노파가 초나라 구조대에 의해서 구조됐고 조선에서 온 구조대가 폐허가 된 건물 잔해 아래에서 아이를 구했다.

먼저 구조된 아버지가 기뻐하며 눈물을 흘렸다.

"감사합니다! 정말 감사합니다! 어떻게 이런 일이… 아아……!"

자신의 고집으로 자식을 잃을 뻔했는데 그것을 면하자 한없는 감사함이 들 수밖에 없었다.

감격에 겨워 조선 구조대 앞에서 크게 소리쳤다.

"대조선제국 만세! 만세! 아아……!"

그 모습이 조선 방송국의 촬영기에 찍혔다.

기자들이 눈물지으면서 사진을 찍고 기사를 메모했다.

후세가 폐허가 된 동경 시가지를 시찰했다.

그의 곁에 장관들과 수행원들과 조선 관리들이 있었다.

장성호가 곁에 있었다.

"특무대신과 조선의 학자들을 믿지 않았다면 이 재앙이 더욱 커졌을 겁니다. 수많은 사람들이 저 잔해에 깔려서 죽었을 테니까요. 지금도 적지 않은 희생자가 있지만 정말 감사합니다……."

"저는 각하께서 우리를 믿어줘서 더욱 감사합니다."

"이제 일본을 어떻게 재건해야 할지 고민할 겁니다. 그 지진을 견딘 저기 건물들을 보면서 말입니다. 지진을 견딜 수 있는 건물을 지을 수 있기를 원합니다."

후세의 이야기를 듣고 장성호가 미소 지었다.

역관을 통해서 조선이 해줄 수 있는 것들을 알려줬다.

그것은 일본 국민들이 바라는 것이었다.

"미리견에서 일본의 피해를 도울 수 있도록 모금하고 있습니다. 그리고 중화민국과 조선에서도 말입니다. 그 돈은 온전히 일본 국민들을 위한 구호물품 구매에 쓰일 겁니다. 그리고 일본에서 국채를 발행하면 우리가 사겠습니다."

"정말입니까?"

"예. 각하. 그리고 재건 사업을 벌일 때 조선의 건설회사도 참여한다면 빠르게 동경을 복구할 수 있을 겁니다. 더해서 우리가 가지고 있는 내진 설계 기술을 일본에 이전시

키겠습니다. 그 기술이 더해지면 아마도 이번처럼 폐허가
되지 않을 겁니다. 일본인들이 지진이 무서워서 고향을 떠
나는 일이 없도록 만들겠습니다."

감격한 후세가 장성호에게 허리를 굽히면서 감사의 뜻을
나타냈다.

"감사합니다. 특무대신."

한 나라의 수장이 머리를 숙인다는 것은 있을 수 없는 일
이었다.

그러나 일본 대통령이 장성호에게 허리를 굽힘으로써 일
본은 앞으로 조선의 은혜를 잊지 않을 것이라는 뜻을 나타
냈다.

그 모습이 사진과 기사로 조선인들에게 전해지면서 양국
의 우의가 돈독해졌다.

＊ ＊ ＊

지진이 일어난 지 3개월이 지났다.

10만명이 넘는 사망 실종자가 있어야 하는 재앙은 고작
300명 정도의 사망자와 실종자로 끝나게 됐다.

그것은 조선이 일으킨 큰 기적이었다.

사망자와 실종자 수습이 이뤄지고 폐허가 된 동경에 건
설 장비들이 들어와서 잔해를 치우기 시작했다.

장성호가 말한 대로 일본 정부가 채권을 발행한 뒤 그것

을 조선 정부가 사들였다.

채권으로 마련한 자본으로 동경을 복구하는 사업에 사용했다.

일본의 건설 기술자들이 조선으로 모여들었다.

한편 조선 최고 대학교인 성균관에서 내진 설계에 관해 강의가 이뤄졌다.

종이로 건물 모형이 만들어지고 'X'자 이쑤시개로 만들어진 된 철골 구조가 저층에서 고층까지 건물 측편에 따라 만들어졌다.

그리고 건물 모형 내부에 작은 진자가 걸려서 일반적인 건물 모형과 비교됐다.

천군에 속했다가 성균관 교수가 된 이가 이동식 탁자를 좌우로 흔들면서 실험을 했다.

그리고 그것을 지켜보던 일본인 기술자들이 탄성을 터트렸다.

"오오!"

"쓰러지지 않았어!"

쓰러진 보통의 건물 모형과는 반대로 'X'자 뼈대가 보강되고 내부에 진자를 단 건물 모형은 쓰러지지 않았다.

흔들림이 있었지만 끝내 사람이 만들어내는 작은 지진을 버텼다.

실험 결과를 놓고 성균관 건설학과 교수가 설명했다.

"내진 설계의 중요 부분은 세가지입니다. 하나는 단단한 암반 위에 건설되어야 하는 것, 또 하나는 뼈대 구조가 견고해야 할 것, 또 하나는 진자를 통해 균형을 잡는 것입니다. 이 세 가지가 충족되면 어떤 강진이라도 버틸 수 있습니다.”

강의를 듣고 기술자들이 필기했다. 그들은 동경에서 벌일 건설에 조선으로부터 배운 기술을 투입시키고자 했다.

반년 가량이 지나자 관동 지역을 휩쓴 대지진의 상처가 어느 정도 나았다.

폐허를 이루던 건물 잔해들이 치워지고 그 땅 위에서 굴삭기가 흙을 파냈다.

그리고 암반이 드러나자 거기에 철근 콘크리트 기둥이 박히기 시작했다.

지진을 견딜 수 있는 건물이 동경에서 하나둘씩 지어지기 시작했다.

공사 속도는 내진 설계가 들어가는 만큼 느릴 수밖에 없었지만, 완공이 되었을 땐 100년이 지나도 버틸 수 있도록 건축하고자 했다.

일본 건설회사와 조선의 건설회사가 함께 협력했다.

뉴욕으로 돌아온 성한이 뉴스를 시청하면서 일본에서 일어나는 기적을 지켜봤다.

[이렇듯 일본은 대지진이 남긴 상처에서 회복하고 있습니다. 새롭게 내진 설계가 적용된 건물이 지어지기 시작

했고 하천을 건너는 교량이 새로 건설되고 있습니다. 그와 같은 기술이 조선에 있었다는 것도 놀랍지만, 무엇보다 일본의 대지진을 예측한 조선이 더욱 놀랍습니다. 그들이 어떤 지식으로 지진을 예보했는지 지질 학계가 관심을 보이고 있습니다.]

함께 뉴스를 시청하던 정호가 성한에게 물었다.
"아버지."
"왜?"
"어째서 지진이 일어나는 겁니까?"
"그야, 지층이 휘어져서 부러지니까."
"그건 고등학교에서도 배웠습니다. 어째서 휘어지는지 알고 싶습니다."
"아직 거기까지밖에 못 배웠구나. 알았다. 어째서 휘어지는지를 가르쳐 주마. 실제로 대륙이 움직이는 것도 말이다. 아마 네가 배우지 못한 지식일 거야."
지구의 자전으로 지하 깊숙한 곳의 무거운 철이 움직이고 자기장이 일어나는 것을 알려줬다.
그리고 철이 움직이면서 맨틀이라는 것이 함께 움직이고 그 위로 땅이 움직이는 것을 가르쳐주었다.
지층이 휘는 것은 그러한 일로 인해서 생겨나는 현상 중 하나였다.
그리고 지층의 규모가 커지고 그 지층에 금이 가 있을 경우 단층이 되는 사실도 알려줬다.

지진이 일어나는 원리를 깨닫고 정호가 입을 크게 벌렸다.

"이제 이해가 됐니?"

"예. 아버지."

"하지만 미국에서는 아직 그렇게 가르치지 않을 거다. 조선 학자들의 이론이 증명되어야 하니까. 그때까진 네가 여태 배웠던 대로 알고 있거라."

"예."

아버지인 성한의 이야기를 듣고 정호가 대단하다는 생각을 했다.

실제로 일본의 대지진을 예측한 만큼 조선 학자들의 의견이 맞을 것이라고 생각했다.

정호의 나이가 어느덧 만 19세였고 성한은 한국 나이로 59세, 만으로 57세였다.

하버드 대학교에 입학한 정호가 2학년이 되려 하고 있었고 혜민이 대학교 입학시험에 합격해서 봄이 되면 오빠와 마찬가지로 하버드 대학교에 다닐 예정이었다.

두 아이를 키우는 데에 성한이 특별히 공부를 강요한 적은 없었다.

다만 두 아이가 머리가 좋은 점은 그와 지연을 닮았기 때문이었다.

지연이 대학병원에서 응급실을 지키고 있었고 혜민은 자

기 방에서 음악을 듣고 있었다.

그리고 정호는 방학이 되어 집에 와서 편히 쉬고 있었다.

아버지와 함께 계속해서 뉴스를 보던 중이었다.

그때 중국에 관련된 소식이 뉴스에서 방송됐다.

[이걸 보십시오. 모양이 정말 똑같지 않습니까?]

[정말 그렇게 보이네요.]

[하나는 고려의 못난이 볼펜이고, 하나는 중국의 모화미 볼펜입니다. 모든 사람들이 알다시피 볼펜은 못난이의 주력 상품입니다. 이것을 중국의 모화미에서 베끼고 회사 이름도 비슷하게 했습니다.]

[이름과 모양만큼 제품의 질도 비슷합니까?]

[비슷할 수가 없습니다. 모화미 쪽이 훨씬 질이 떨어집니다. 예를 들어서 이렇게 볼펜 위쪽을 탁 치면, 고려의 못난이는 아무 문제없이 글을 쓸 수 있지만, 모화미는 볼펜 끝의 구슬이 떨어져서 글을 쓸 수 없게 됩니다. 절대 못난이와 모화미를 헷갈려 하셔서는 안 됩니다.]

[어째서 모화미가 못난이를 베껴서 볼펜을 팔까요?]

[고려의 회사라는 이미지를 가지고 가는 것입니다.]

뉴스를 보다가 정호가 말했다.

"조선이 가만히 있지 않을 것 같습니다."

"그렇겠지. 그리고 아마도 제대로 항의하고 압박하게 될

거야. 아비가 알고 있는 조선과 다르게 말이야. 지금의 조
선은 그럴 수 있는 힘을 충분히 가지고 있어.”

어째서 아버지가 그 말을 했는지 정호는 알 수 없었다.

뉴스를 보면서 성한이 회심의 미소를 지었고 그의 생각
대로 조선에서 불편한 감정들이 일어나기 시작했다.

미국에서 뉴스로 방송될 정도면 동양에서는 이미 중요한
사안이 되는 이야기였다.

이희의 탁자 위에 못난이의 필기구와 모화미의 필기구가
놓였다.

두 필기구를 살피면서 이희가 감탄했다.

“똑같군.”

필기구를 올린 장성호가 말했다.

“모양은 거의 같습니다. 심지어 상표조차 못난이와 비슷
하게 모화미라고 조선글로 새겨 넣었습니다. 때문에 중국
인들이 모화미가 못난이인 줄 알고 구매하고 있습니다.”

“꽤 많이 팔렸겠군. 맞는가?”

“예. 폐하. 못난이 필기구의 절반 가격입니다. 그래서 많
이 팔렸고 욕도 많이 듣고 있습니다. 조금 쓰다 보면 필기
구의 내구가 떨어져서 못 쓰게 됩니다.”

설명을 듣고 이희가 끄덕였다. 그리고 종이에 두 필기구
로 한번씩 써보다가 필기구 위쪽을 쳐서 깨소금보다 작은
구슬이 떨어지는지 안 떨어지는지 확인했다.

모화미 필기구에서 구슬이 떨어지는 것을 보고 미간을

좁혔다.

협길당에 함께 앉아 있던 박은성이 말했다.

"못난이에서 앞으로 손해가 커질 거라고 조정에 도움을 요청했습니다."

"모화미가 팔리기 때문인가?"

"그렇기도 하지만 문제는 좀 더 큰 부분에 있습니다."

"상세히 말해 보라."

"면허 생산을 하지 않고, 이렇게 베끼기 식으로 만드는 게 대세가 될 경우. 그 피해는 오롯이 우리 회사와 면허 생산을 벌이는 회사의 피해로 돌아가게 됩니다. 무엇보다 베끼기는 창조를 위한 첫번째 단계입니다. 또한 대량 생산은 오류를 찾아내기 위한 필수 단계입니다. 이런 일이 허다하게 되면……."

"중화민국의 제조 기술이 조선을 능가하겠군."

"필기구에만 한정되는 것이 아닙니다. 얼마든지 냉장고와 영출기, 자동차, 심지어 여객기에까지 해당될 수 있습니다."

박은성에 이어서 장성호가 한 번 더 말했다.

"중화민국의 기술 발전을 막으셔야 하는 것은 아닙니다. 하지만 발전하는 것도 정당하냐 아니냐가 있습니다. 그림을 베껴서 연습할 수는 있지만, 모작을 두고 내가 창작한 것이라 말할 수는 없습니다. 마땅히 본보기가 있어야 합니다. 폐하."

이희가 고개를 끄덕이면서 황명을 내렸다.

"즉시, 중화민국 공사관에 이 일을 살피라 전하고 베끼기 제품의 생산을 전면 중단하라고 요구를 전하라. 또한 방지책도 요구해야 할 것이다."

"예! 폐하!"

황명을 받고 협길당에서 나왔다.

신을 신고 궁궐 길을 걸으면서 장성호와 박은성이 이야기했다.

그들이 알고 있는 중국의 역사가 있었다.

"100년 정도 당겨진 것 같습니다. 특무대신."

"중국의 표절이 말입니까?"

"그때도 이런 식으로 기술력을 늘렸을 겁니다. 뭐, 일본이나 우리도 마찬가지였지만 말입니다. 하지만 그렇게 해서 국력을 어떻게 부리느냐에 있어서 차이가 있었습니다. 지금은 우리가 국력을 부릴 수 있는 입장입니다."

과거와 미래 사이에 있었던 21세기 대한민국의 상황을 기억했다.

그리고 세계가 중국을 키워줬던 결과 중국의 패악질과 표절에 제대로 대응하지 못했다.

미국의 한 대통령이 나타나서 중국을 국력으로 무너뜨리고 나서야 어느 정도 정리가 되었다.

그 전까지 대한민국은 막심한 피해를 입었다.

"생각해보니 차이가 하나 더 있습니다."

"어떤 것을 말입니까, 특무대신?"

"우리가 기억하는 중국은 중공입니다. 그리고 지금의 중국은⋯⋯."

"대만이겠지요."

"그래서 좀 더 유연하고 우리의 요청을 받아 베끼기 제품을 내놓는 중국 회사를 제제할 겁니다. 문제는 우리입니다. 앞으로 이런 일 외에 우리 기술자들을 상대로 고액 연봉을 주겠다는 미끼로 데려갈 수 있습니다. 우리 기술자들의 유출을 막아야 합니다."

좀 더 강직하게 장성호가 말했다.

"특히 방위산업 기술의 유출은 절대 없어야 합니다."

그의 말에 박은성이 고개를 끄덕였다.

그리고 두 사람은 앞으로 도전해 올 세상에 대해서 방책을 마련하기 시작했다.

그것은 본보기였다.

공사관을 통해 조선 조정의 요청이 중국 정부에 전해졌다.

공문을 받은 손문이 크게 분노했다.

기술 유출을 막다

"모화미라고 말입니까?"

"예. 각하."

"독자적인 상표나 필기구도 아니고, 그저 조선의 못난이를 그대로 베껴서 대량으로 팔았다니? 이런 일이 있다는 것을 나도 이번에 알게 됐는데 조선으로부터 공문이 오니 참으로 부끄럽습니다! 이것은 우리 중화민국 한족의 수치입니다!"

중국의 명예가 더럽혀졌다고 생각했다.

때문에 도저히 묵과할 수 없었고 조선이 면허 생산권을 거둬들일까 봐 두려워했다.

속히 손문이 조치를 내렸다.

"당장 실상을 확인하고 이에 연관된 사람들을 체포해 조사하기 바랍니다! 또한 모화미처럼 조선의 제품을 베낀 다른 회사의 제품이 있는지 찾으십시오!"

"예! 각하!"

"어떻게 이런 치욕스러운 일이……!"

미국의 뉴스에서 방송이 된 사실을 알고 있었다.

잘못하면 중국은 베끼기 국가라는 오명을 달 수 있었다.

그 오명만큼은 반드시 피해야 된다고 생각했다.

더 이상 미개한 나라라는 말을 듣고 싶지 않았다.

얼마 지나지 않아 모화미의 사장이 체포되었다.

그가 중화민국 국영방송국 기자 앞에서 인터뷰했다.

[죄송합니다. 그게… 조선 것과 똑같이 하면 잘 팔릴 수 있을 것 같아서… 정말 죄송합니다…….]

손이 묶인 채로 고개를 숙이면서 죄송하다고 말했다.

그리고 그와 함께 일했던 직원들, 필기구의 모양을 베끼는 데에 관여했던 모든 사람들이 줄줄이 묶여서 끌려갔다.

영출기 안에서 보이는 중국인들이 크게 소리 치고 있었다.

[우리가 조선 것과 너희들 것을 구분 못 할 줄 알았어?!]

238

[한족의 망신이다! 퉤!]

새소식 진행자가 용의자가 체포된 사실을 정리했다.

[이처럼 미국과 서양에까지 알려진 모화미 사태는 회사 사장과 직원들이 체포되는 것으로 마무리 될 것 같습니다. 이번 용의자들은 조선의 못난이사에 대한 특허 침해로 손해 배상을 해야 할 것으로 보이며, 국내에서 면허 생산을 하고 있는 회사에도 손해 배상을 함과 더불어 형사처벌까지 받게 될 것으로 보입니다. 정부는 중화민국의 명예를 실추시키는 해외 기업에 대한 베끼기 사업을 철저히 단속하고 처벌할 것이라고 공표했습니다.]

집무실에서 영출기를 보면서 손문이 한숨을 쉬었다.
"이 정도면 조선에서도 만족하겠지요?"
"그럴 것이라고 봅니다."
"확실하게 처벌해서 이와 같은 일이 다시는 벌어지지 않아야 합니다. 베끼기는 중화민국의 명예를 더럽히는 일입니다."
그 후로도 몇 개의 회사가 더 적발됐고 회사의 폐업은 물론 사장과 임직원들을 체포했다.
그리고 재판에서 그들의 처벌이 이뤄졌다.
중화민국에서 이뤄지는 조치에 이희가 만족했다.

"이만하면 처결이 잘 되는 셈이군."

"예. 폐하."

"우리가 내정간섭을 벌이지 않고 그저 부당한 일에 대한 시정을 요청하고 손문이 그것을 들어주고 확실히 처결하는 게 모양새가 좋아. 앞으로도 이런 일이 생긴다면 같은 방식으로 대응하라."

"황명을 받들겠습니다."

타국의 사법 권한에 관여하지 않고 그저 외교적인 압박과 요청으로 부당한 일을 바로 잡았다.

그렇게 할 수 있는 조선에 그만한 국력이 있기 때문이다.

또한 동양의 나라들은 조선을 중심으로 돌아가고 있었다.

그러나 유럽은 아직 그 정도 수준이 안 되었다.

그들에게 정당함을 구하기 위해선 보다 강한 압박이 필요할 수 있었다.

무엇보다 동양 나라들과 다른 방식으로 조선을 위협할 수 있었다.

장성호의 보고문을 읽고 이희가 물었다.

"기술을 유출할 수 있다고?"

"예. 폐하."

"연봉에 조선의 미래를 팔겠는가?"

"애국심 하나로 모든 것을 해결할 수 있다면 군역을 거부했을 때 주는 불이익과 처벌이 법에 명시되어야 할 필요가 없습니다. 연봉에 충분히 흔들릴 수 있고 합법이라는 조건이 갖춰지면 얼마든지 외국으로 나갈 수 있습니다. 그런 일이 벌어지게 되면 우리 기업의 우수한 기술이 외국에 유출될 수 있습니다. 그리고 더 무서운 일은 군사기술의 유출입니다."

함께 있던 박은성이 말했다.

"그동안 선진기술개발 연구소에서 각종의 기술을 개발하고 기술 임대를 했습니다. 하지만 지금부터는 조선 내각 회사가 기술을 개발하고 더 나은 제품, 물건을 사는 사람들의 마음을 사로잡으려고 할 겁니다. 그중에 뛰어난 무기를 만들 수 있는 기술이 쓰인 제품이 나올 겁니다."

"자동차와 비행기를 말인가?"

"예. 더 강한 동력기관, 더 빠른 속도, 그런 것을 만들 수 있는 기술을 회사가 개발했을 때 독단적으로 외국에 임대해주거나 팔 수 있습니다. 그것을 막을 수 있는 방법이 필요합니다."

이어 장성호가 정리했다.

"법으로 유출을 막을 수 있도록 하셔야 하며 무엇보다 그 법을 어겼을 시 엄벌에 처해질 수 있어야 합니다. 특히 돈을 받고 외국에 우리 핵심 기술을 유출시키는 범인에 대해선 군사 기술 비유출시 최하 징역 20년, 군사 기술 포함 시 사형만을 유일한 형벌로 정하셔야 됩니다. 이는 범죄를 저지른 자에 대한 처벌만을 하기 위한 것이 아닌 일벌백계를 하기 위함입니다."

보고문을 읽고 이희가 고개를 끄덕였다.

"경들의 우려를 이해하고 동감한다. 하지만 이 일은 사람 목숨이 달린 일이다. 하여 짐은 백성들에게 의견을 구하고 그들을 설득해서 정의를 실현시킬 것이다. 이 일에 관한 것을 백성들에게 지속적으로 알리고 의회를 통해서 법안을 마련하라. 그렇게 해서 조선의 미래를 지킬 것이다."

"예. 폐하."

의회와 백성들에게 선택을 주려고 했다.

대다수 백성들이 동의하고 공감할 수 있는 시간을 만들기로 했다.

신문과 방송을 통해서 여론을 형성하고 중국처럼 베끼기를 넘어서서 기업에서 기술이 유출 될 수 있다는 식으로 분위기를 만들어갔다.

장기를 두는 중년 남자들 사이에서 이야기가 오갔다.

"우리나라 안에서 기술을 파는 거야 상관없는데 해외에다 파는 것은 나라를 배신하는 일이지. 안 그래?"

"그렇긴 하지."

"기술을 파는 것도 그렇지만, 외국 놈들에게 돈을 받고 기술을 몰래 유출시키는 것은 더 악질이야. 군사기술이면 더더욱 그렇고. 그런 놈들은 옛날처럼 아예 능지처참을 시켜야 해."

"맞아."

아직 범죄자가 나타난 적은 없었다.

하지만 앞으로 나타나게 될 범인에 대해서 크게 분노를 표출하면서 기술 유출에 관해 반대의 입장과 엄벌 지지를 함께 나타냈다.

그중에 생각이 깊은 백성들이 궁금함을 가졌다.

"만약 기술을 수출해야 할 때는 어떻게 되지?"

"어떤 기술 말이야?"

"예를 들면 일본에 지어지는 건물처럼 우리가 내진 설계 기술을 수출할 때 말이야. 그런 기술은 충분히 수출할 수 있는 거잖아. 그런 것까지 불가능하게 되는 건가?"

수출해도 괜찮을 기술에 대해서 이야기했다.

한 백성이 신문을 통해서 확인한 것을 알려줬다.

"금수 기술을 국회의사당에서 정한다고 하던데? 그래서 수출해도 되는 기술과 안 되는 기술을 나눈다고 들었어. 기업의 요청이 있으면 해당 기술의 심사도 벌인다고 들었어."

보완책을 듣고 백성들이 고개를 끄덕였다.

그렇게 여론이 형성되고 국회의사당에서 법안 발의가 이뤄졌다.

국회에서 수출을 금하는 기술을 정하고 해당 기술을 국회 허가 없이 해외에 유출할 경우 최저 징역 20년 형이라는 처벌법을 마련했다.

그리고 군사기술일 경우 최하 종신형, 기준 이상의 뇌물을 받았을 경우 사형이라는 처벌법을 마련했다.

법이 마련되고 김홍집이 눈을 감았다. 곁에 앉아 있던 박정양이 물었다.

"이보게 도원."

"음……?"

"많이 피곤한가?"

"그래… 좀 피곤하네… 요즘 따라 계속 눈이 감기는군……."

"갈 때가 되어서 그런 것이네……."

"자네도 마찬가지지 않는가? 아까 전에 조는 것처럼 보였네만."

"눈만 감았을 뿐이네. 절대 조는 것이 아니었네."

"이제 눈이 침침해져서 잘 보이지 않네."

"나도 마찬가지일세."

서로 이름이 아닌 호로 부를 정도로 막역했고 산전수전을 겪었다.

이제 두 사람은 팔순에 이르러 국회의사당의 최고 원로의원들이 되어 있었다.

두 사람 다 천명보다 더 길게 살고 있었다.

최선을 다하면서 살지만 과로를 할 이유가 없었고 세상의 어떤 정치인보다도 마음 편하게, 또 진지하게 살고 있었다.

그러면서 보다 여유롭게 살고 있었다.

"이제 이 일도 우리에겐 버겁구먼."

"그런 것 같네."

"이번 임기가 끝나면 은퇴해서 함께 편히 지내도록 하세. 후손들에게 맡겨도 될 것 같네."

"그러세."

한양의 높은 건물을 바라보면서 천군을 생각했고 젊은 청년들과 자라나는 아이들을 생각했다.

후손들을 걱정하지 않으면서 여생을 마무리 지으려고 했다.

만장일치로 기술 유출을 금하는 법이 만들어지고 가까운 시일 안에 시행되기 시작했다.

이희가 보고를 받았다.

"이제 법이 만들어졌으니 백성들이 경계하겠군."

"예. 폐하."

"그럼에도 법을 어기는 자들이 나오겠지."

"그럴 것이라고 생각합니다. 하지만 법을 어기고 처벌받는 이가 한번 나오게 되면, 뇌물 앞에서 흔들리는 마음이 처벌에 대한 두려움으로 거부라는 선택지를 만들 수 있습니다. 그것조차 완벽하지는 않지만 백문이 불여일견이며 일벌백계입니다."

이야기를 듣고 이희가 장성호에게 엄명을 내렸다.

"이제부터 정보국에서 기술 유출을 감시하는 일도 맡을

것이다. 외국 회사와 조선 기술자가 은밀히 만나는 일은 없는지 철저히 감시하라.”

“황명을 받들겠습니다! 폐하!”

정보국의 방첩력으로 조선의 국내 기술 유출을 감시하기 시작했다.

그 사실이 세상에 알려지지 않았지만 사람들은 이미 알고 있었다.

그럼에도 조선의 정보국을 시험하는 이들이 있었다.

조선이 가진 기술을 탐내는 이들이 있었다.

구입한 영출기를 영국의 한 회사에서 분해했다.

그리고 그 안의 부품들을 하나씩 꺼내면서 어떻게 해야 영출기를 만들 수 있는지를 살폈다.

그 회사는 영국 정부로부터 자본을 투자 받는 회사였다.

“어떻게 만들어졌는지 알겠는가?”

“어느 정도는 말입니다.”

“어떤 부품이 우리가 만들 수 없는 부품이지?”

“솔직히 음극선관 빼곤 전부 만들 수 있습니다. 문제는 대량 생산입니다.”

“대량 생산…….”

“수작업으로 꼼꼼하게 부품을 하나씩 만들 수 있습니다. 여기 부품에 어떤 화합물이 쓰여 있는지도 말입니다. 하지만 중요한 것은 시장에 팔기 위해서 대량 생산이 이뤄져야 합니다. 이 작은 부품들을 어떻게 일정하게, 그리고 정교하게 만들 수 있는지를 알아야 합니다. 그리고 음극선관은 저희가 감히 흉내 낼 수 없는 기술로 만들어졌습니다. 이것에 대한 비밀들을 알아내야 고려의 영출기만 한 것을 만들 수 있습니다."

회사 기술부장의 이야기를 듣고 사장이 고개를 끄덕였다.

그리고 결의에 찬 목소리로 말했다.

"그 기술들을 캐내보도록 하지. 그러니 기다리게."

"예. 사장님."

정류기와 축전기 그리고 트랜지스터로 알려진 반도체는 그렇게 만들기 어려운 부품이 아니었다.

다만 그 부품을 대량으로 생산하고 음극선관을 만들 수 있는 기술이 필요했다.

영국 정부가 육성하는 전자제품 회사인 '레드우드'의 사장이 정부에 도움을 요청했고 영국 정부에서 필요한 행동을 취하기 시작했다.

로를 통해서 조지 5세에게 보고됐다.

"고려의 기술을 탈취한다고?"

"예. 폐하."

"고려에는 정보국이 있다. 그것이 가능하겠는가?"

"가능한지 불가능한지를 판단하기 이전에 무조건 탈취를 해야 합니다. 그렇지 않으면 우리의 기술은 계속 고려보다 뒤처지게 됩니다. 고려의 강함을 인정하는 것은 둘째

치고 그들을 쫓기라도 해야 됩니다. 그리고 그들의 기술을 취해야 됩니다."

로의 주장에 조지 5세가 고개를 끄덕였다. 그리고 지시했다.

"그러면 고려의 기술을 취하도록 하게. 그것으로 우리도 영출기를 만들고 고려 못지않은 제품을 만들어서 다시 영광의 시대를 열 것이네. 수단과 방법을 가리지 말게."

"예. 폐하."

곧바로 영국 총리실 산하의 첩보부로 지시가 떨어졌다.

첩보부의 이름은 '대영제국 정보부'였다.

정보부의 요원이 레드우드로 소속을 바꿨고 여객기를 타고 레드우드에 속한 임직원들과 함께 조선으로 향했다.

조선을 상대로 레드우드가 요구하는 것이 있었다.

"면허 생산을 하고 싶다는 이야기입니까?"

"그렇습니다. 그렇게 해서 일자리를 창출하고 영출기를 제조하는 경험을 얻고 싶습니다. 조선에서는 우리를 통해서 수요 충족을 이루고 말입니다. 라이센스 지분을 가져갈 수 있습니다. 우리는 영국 국민들에게 보다 싼 가격에 영출기를 보급하고 싶습니다."

레드우드의 사장이 민영환을 상대로 이야기했다. 그가 외부와 통상부를 함께 맡고 있었다.

곁에 장성호가 함께 있었다.

"그렇게 해서 양국의 공동 이익을 실현시킬 수 있다는 것에 대해선 동의합니다. 하지만 부품은 우리 쪽에서 생산해 영길리로 보낼 것입니다. 이에 동의하십니까?"

"동의합니다."

"좋습니다."

장성호가 민영환을 쳐다봤다. 그리고 민영환이 조치를 전했다.

"폐하께서 주신 위임 권한으로 절차를 밟겠습니다. 우리 회사 사장들과 논의를 거친 뒤 결과를 알리겠습니다."

"좋은 결정을 기대합니다."

기술 이전이 아닌 면허 생산 요청이었다.

그것은 기술 수출보다 비교적 자유롭게 행할 수 있었다.

민영환의 대답을 들으면서 레드우드 사장이 생각했다.

'이걸로 우리가 면허생산을 원하는 줄로 알았을 터. 하지만 진짜는 기술 탈취다.'

면허 생산이라는 기만에 조선이 속았을 것이라고 생각했다.

한양에서 머물면서 조선 정부의 대답이 있기를 기다렸다.

그 사이 조선의 거리를 돌아보고 런던보다 높은 건물이 많음에 감탄했다.

거중기의 높이가 상당히 높았다.

"저 건물이 완공되면 몇 층이오?"

"제가 알기로는 50층인 걸로 압니다."

"50층?!"

"예. 사장님."

"맙소사. 미국을 제외하고 50층 건물을 지을 수 있는 나라가 있다니⋯ 하긴 일본에 내진 설계 기술을 이전시켜줄 수 있을 정도니 대단한 건축 기술을 가지고 있긴 하겠지. 역시 고려는 대단한 나라요."

역관의 이야기를 듣고 조선을 보면서 감탄했다.

레드우드 사장의 반응에 역관은 조선의 대단함을 자랑스러워했다.

뒤에서 함께하는 영국 정보부의 요원이 기회를 노렸다.

나흘 뒤 레드우드 사장이 통상부로 호출됐고 민영환을 만나서 어떻게 결정됐는지를 들었다.

영국에서 영출기를 생산할 수 있게 됐다.

"허가가 났습니다. 그리고 영길리에서 공장이 건설되는 것을 도와드릴 겁니다."

"정말입니까?"

"예."

조선에서 제작한 설비를 영국으로 보내서 면허생산을 하기로 했다.

민영환의 알림에 레드우드 사장이 환하게 웃었다. 그리고 그가 한가지 부탁을 전했다.

"저, 부탁할 것이 있습니다만."

"뭡니까?"

"어차피 면허 생산을 하기로 했으니 영출기를 제작하는 공장을 방문해도 되겠습니까? 어떻게 제조되는지 보고 싶습니다."

"공개 가능한 것만 보여드릴 텐데 괜찮겠습니까?"

"괜찮습니다. 보고 배울 수 있는 기회만 있어도 감사한 일입니다."

"그럼 알겠습니다. 우리 회사들에게 문의해 보겠습니다. 아마도 가능할 겁니다."

"감사합니다!"

공장을 직접 견학할 수 있는 기회를 얻었다.

레드우드 사장이 회심의 미소를 지었다. 그와 함께 하는 정보부 요원도 슬쩍 미소를 지었다가 지웠다.

다음 날 견학할 수 있다는 대답을 듣고 화성에 위치한 금성전자로 향했다.

그곳에서 영출기가 어떻게 조립되는지를 확인했다.

컨베이어 벨트라 불리는 이동 선반이 설치되어 있었고 그 양 옆에서 직원들이 공구로 영출기를 조립하고 있었다.

마치 자동차 공장 같은 모습을 보면서 레드우드의 사장이 헛웃음을 지었다.

'이 정도는 우리도 할 수 있어. 우리가 원하는 것은 조립되기 전의 부품을 어떻게 대량 생산이 이뤄지냐야. 음극선관 제조 기술도 알아야 해.'

최종 조립은 일자리 창출 외에 그리 중요한 것이 아니었다.

미리 예상을 했고 얻을 수 있는 것도 없었지만 그저 감사하다고만 말했다.

그 웃음 뒤에 음흉한 탐욕이 있었다.

사장을 뒤따라 다니던 요원이 자취를 감췄다.

소변이 보고 싶다고 말한 뒤 화장실에 갔다가 몰래 빠져나와서 직원들이 쉬는 야외 휴게소를 찾아갔다.

그곳에서 담배를 피면서 유유자적한 모습을 보였다.

그가 휴게소로 향한 이유가 있었다. 그 이유에 따라 목적도 달성되는 듯했다.

생산직 직원들은 정해진 쉬는 시간 외에 계속 영출기를 조립해야 했기에 나올 수 없었다.

오직 관리직이거나 기술직인 사람들만이 조금 여유롭게 쉴 수 있었다.

야외 휴게소에 직원들이 와서 곰방대를 물었고 담배를 피면서 하늘도 보고 휴식을 취했다.

그들은 연구원들이었다.

"신제품을 개발하려니 머리가 아파도 너무 아프군."

"그러게 말일세."

"이럴 거면 생산직이 나은 것 같아."

오래 일한 연구원부터 신입 연구원들이 함께 있었다.

그들의 이야기를 요원이 엿들었다. 그를 연구원들이 발견했다.

"뭐야? 양이잖아?"

"영길리에서 사람들이 왔다던데 그중 한 사람인 것 같은데?"

"자네 영어 좀 할 줄 알아?"

"아니. 자네는?"

"당연히 할 줄 알지. 어디 해볼 테니 가만히 지켜보게."

영어에 자신 있어 하면서 요원에게 와서 말을 걸었다.

"하우 알 유?"

"미?"

"아니, 내가 하우 알 유 했으면 파인 땡크 유 해야 하잖아. 다시. 하우 알 유?"

"……."

회사에 온 강사가 가르쳐줬던 영어를 기억하면서 말을 걸었다.

요원은 피식하면서 고개를 절레절레 흔들었다.

이야기 해보려다가 실패한 직원에게 동료 직원이 비웃었다.

"그게 대체 뭔가? 이야기도 제대로 못하고 말이야."

"아니, 하우 알 유 하면 파인 땡크 유 해야 되는데 안 하니까."

"거 참. 자네 어디 가서 영어 한다고 말 하지 말게."

영어를 제대로 못한 직원에게 동료 직원이 뭐라고 했다.

그의 말에 직원은 괜히 요원을 째려보고는 한숨을 쉬었

다.

한숨의 원인은 다른 곳에 있었다.

"정말 힘들어 죽겠네."

"이부장 때문에 말인가?"

"내가 그렇게 잘못 했나? 글자 하나 틀렸다고 그렇게 면박을 줘?"

"조선말은 모음 자음 하나만 달라져도 문장이 달라지지 않나. 자네가 잘못한 것도 아예 없는 것은 아니니 진정하게."

"여기서 돈을 많이 주니 내가 가만히 있지, 이만큼 돈을 주는 다른 회사가 있다면 회사를 옮겨도 한참 전에 옮겼을 것이네."

"자네, 아직도 배라리를 사는 게 꿈인가?"

"그럼, 꿈이지. 그런데 정말 사기가 쉽지 않은 차일세. 무려 이 회사에서 10년이나 일하면서 돈을 꼬박 모아야 하니까. 그런데 사기만 해 봐. 여인들이 나를 못 만나서 안달나게 될 것이네. 배라리를 타고 회사에 출근하면 이부장의 눈도 뒤집힐 것이네."

상관을 욕했던 연구원의 이야기에 동료 연구원들이 고개를 절레절레 흔들었다.

그리고 그를 남겨두고 안으로 들어갔다.

"먼저 들어가겠네."

"그리하게. 나는 이것을 마저 피고 들어가겠네."

연구원들이 들어가서 그의 뒷담화를 깠다. 그를 요원이 가만히 지켜봤다.

쉽게 기회를 얻을 수 있을 것 같지 않아서 다른 접근법도 준비하고 있었는데 절호의 기회가 왔다.

모든 조건이 들어맞자, 마저 담배를 피우는 연구원에게 다가갔다.

요원은 처음부터 그와 이야기 할 수 있었다.

"돈이 필요하오?"

"음……?"

"돈이라면 얼마든지 줄 수 있소만?"

주위를 살피면서 요원이 말했다. 그의 말에 연구원이 당황했다.

당혹을 느끼며 들고 있던 곰방대를 떨면서 물었다.

"조선말을 할 수 있었어…? 설마 옆에서 한 이야기를 전부 알아들은 것이었소……?"

그의 물음에 요원이 고개를 끄덕였다. 그리고 말없이 품 안에 있던 종이 한 장을 꺼냈다.

종이를 연구원에게 넘겨줬다.

"돈이 필요하면 이곳으로 오시오."

"뭐…뭐라고……?"

"평생 일을 하지 않아도 되는 돈을 줄 수 있으니까."

"……?!"

"생각이 있으면 그 주소로 오시오."

종이를 받고 안에 쓰여 있는 주소를 확인했다.

연구원이 고개를 들자 앞에 있던 요원이 걸음을 옮기면서 휴게소에서 벗어났다.

큰 소리로 그를 부를 뻔했다가 사람들이 들을까봐 그만뒀다.

한번 더 주소를 확인하고 미간을 좁혔다.

"이게 대체……."

주위를 돌아보고 주머니 속에 쪽지를 넣었다.

그리고 휴게소에서 다시 일터로 향해 상관의 잔소리를 들으면서 지긋지긋하게 일했다.

그가 휴게소에 있는 동안 신입 연구원이 잠시 지켜봤다.

저녁이 되어 모든 직원이 퇴근했을 때 쪽지를 받은 연구원은 자신이 봤던 주소대로 차를 타고 움직였다.

그곳은 화성에 위치한 숙소였다.

영국에서 온 레드우드 임직원들이 묵고 있었고 영국 공사관에서 나온 사람들이 앞을 지키고 있었다.

긴장한 모습으로 연구원이 숙소 앞을 지켜봤다.

'평생 일을 하지 않아도 되는 돈을 줄 수 있다고…? 들어가도 되는 건가……?'

고민에 고민을 거듭했다. 그리고 혹시나 하는 생각으로 발걸음을 옮기며 숙소로 향했다.

그는 누구보다 돈을 원하고 있었다.

지긋지긋한 상관에게서 벗어나고 그토록 소망하는 멋진

차와 사람들의 선망을 원했다.

놀고 먹으면서 편히 지내고 싶었다.

숙소 앞으로 가자 경호원들이 앞을 막았다.

그때 쪽지를 보여주자 길이 열렸고 그가 안으로 들어갔다.

투숙실에서 자신에게 쪽지를 줬던 영국인과 얼굴을 마주했다.

"왔군."

"내게 돈을 준다고 했는데……."

"그랬소."

"얼마나 줄 수 있소……?"

요원의 조선말이 매우 유창했다.

아무래도 조선에서 꽤 오랫동안 지냈든가 조선인들을 많이 만날 수 있는 곳에서 지낸 듯했다.

그가 옆에 둔 가방을 탁자 위에 올려서 펼쳐서 보였다.

"이 정도면 어떻소?"

"헉?!"

"원화로 대략 10만원 정도 되는 현찰과 금괴요. 이 돈을 당신에게 줄 수 있소."

연구원의 눈이 뒤집어졌다. 그의 반응을 보고 요원이 회심의 미소를 지었다.

목소리를 떨면서 연구원이 물었다.

"이, 이것을… 내게 줄 수 있단 말이오……?"

"그렇소."

"공짜로……?"

"그렇지는 않소."

"그…그럼 뭘 어떻게 해야 하오……?"

연구원의 물음에 요원이 가방을 덮으면서 말했다.

"우리가 구하고 싶은 게 있소."

"무…무엇이오?"

"영출기에 관한 기술 자료, 특히 음극선관에 대한 것을 말이오. 그리고 영출기에 들어가는 부품을 어떻게 대량생산하는지에 대해서 알고자 하오. 그런 자료들을 구해준다면 이 돈을 주겠소."

"……."

"어떻게 하겠소?"

요원의 이야기에 연구원의 심장이 크게 뛰었다.

그의 말대로 할 경우 그 죄는 국가반역에 맞먹는 죄였다.

이미 영출기에 관한 기술은 기술금수조치법으로 묶여 있는데다가 국회 차원에서 금수 기술로 정해져 있었다.

그 기술을 유출시킬 경우 최하 20년 형에 군수기술로 쓰이는 기술일 경우 사형에 처해질 수도 있었다.

매우 위험한 일이었고 절대 해서는 안 되는 일이었다.

고민하지 않고 잘라서 거절해야 했다.

그러나 연구원의 시선은 계속해서 탁자 위에 놓인 가방으로 향했다.

요원이 다시 가방을 열어서 금괴와 원화를 보여줬다.

"수락하면 이 금괴 하나를 주겠소. 그리고 자료들을 확보해 준다면 이 안에 담겨 있는 모든 것을 주겠소."

"……."

"어떻게 하겠소?"

빛나는 금괴를 보고 연구원의 가슴이 크게 떨렸다.

그의 이성이 흔들리는 심장처럼 따라 세차게 흔들렸다.

'걸리지만 않으면 되잖아? 걸리지만 않으면 평생 놀면서 먹고 살 수 있어!'

배라리가 눈앞에서 아른거렸다.

그리고 자신이 끌고 다니는 배라리를 보고 여인들이 녹아나고 사람들이 부러워하는 것을 상상했다.

으리으리한 저택에서 사는 것을 상상했다.

그가 요원에게 말했다.

"금괴 하나를 주시오. 자료를 구해보겠소. 구해서 넘기면 그 가방을 내게 줘야 할 거요."

요원이 웃었다.

"좋소."

요원이 금괴 하나를 연구원에게 넘겨줬다. 연구원은 금괴를 품 안에 넣고 조용히 숙소에서 빠져 나왔다.

주위를 돌아보고 잠자듯이 조용하게 집으로 돌아갔다.

그날 밤 한양에서 장성호가 김인석과 함께 급히 입궐해 이희를 만났다.

이희에게 조선으로 온 영국인들에게 움직임이 있었던 것을 알려줬다.

"단순히 면허 생산을 위해서 온 것이 아니었습니다."

"무슨 뜻인가?"

"금성전자에 신입 연구원으로 위장한 우리 요원이 레드우드사의 직원과 금성전자 연구원이 접선한 것을 확인했습니다. 사진과 영상이 확보됐고 쪽지를 받은 뒤에 레드우드사의 임직원들이 묵는 숙소로 향한 사실을 확인했습니다. 그리고 레드우드사가 묵고 있는 숙소에 도청을 벌인 결과 녹취 증거를 확보했습니다. 여기 녹취록이 있습니다. 폐하."

장성호가 녹취록을 이희에게 직접 상신했다. 이희가 녹취록을 읽으면서 인상을 굳혔다.

김인석이 이야기를 더했다.

"레드우드사의 직원 중 일부가 영길리 정보부의 요원으로 확인되었습니다. 놈들이 노리는 것은 기술 탈취입니다."

"우리가 가지고 있는 기술을 취해 영출기를 만들어서 팔려는 생각이군. 그렇게 엄벌을 내리겠다 경고했건만 이런 일을 저지르다니……."

장성호가 분노하는 이희에게 말했다.

"본보기를 보이셔야 됩니다. 앞으로도 이런 일이 계속 벌어질 겁니다. 하지만 본보기가 없으면 더욱 날뛸 것입니다. 완전히 없앨 수는 없어도 최대한 억제시켜야 됩니다."

두 사람의 이야기를 듣고 이희가 명했다.

"절대 죄인들을 놓치지 말라. 또한 죄인이 되려는 자의 행동을 막지 마라. 그가 죄를 짓기 전까지는 무죄인으로 짐은 절대 관여하지 않을 것이다. 그저 죄인에게 책임을 물을 것이다. 죄의 증거들을 모아 일망타진 하라."

"예, 폐하. 황명을 받들겠습니다."

기술을 넘기려는 연구원을 추적하고 조선에 입국해 있는 레드우드사 임직원들을 감시했다.

연구원이 회사에서 관련 자료들을 찾았다.

자료실에서 두꺼운 책을 꺼내 안의 내용을 살피다가 음극선관에 해당되는 자료가 쓰여 있는 장을 찾았다.

그가 책장을 찢으려던 때였다. 옆에서 인기척이 들렸다.

연구원이 다급히 옆으로 고개를 돌렸다.

"뭐하십니까?"

"뭐냐, 넌?"

"아, 자료를 찾으려고 왔습니다. 건너편 서고에 있었는데 선배님이 계신 줄 몰랐습니다. 그런데 혹시 그것을 찢으려고 하셨습니까?"

신입 연구원의 물음에 연구원이 당황했다. 떨리는 목소리로 급히 대답했다.

"찌, 찢으려고 한 게 아니고, 여기가 잘 넘겨지지 않아서 살피고 있었네."

"찢으려 하셨던 것 같은데…….."

"절대 아닐세! 그러니 엉뚱한 이야기 하지 말고 볼일이나 보게!"

"예…….."

언성을 높이면서 신입 연구원을 내쫓았다.

그리고 책장을 찢으려다가 참고 서고에 꽂아 넣었다.

급히 일을 치르려고 하지 않고 기회가 오기를 차분히 기다렸다.

'빌어먹을!'

마음속으로 욕을 하며 연구실에서 안절부절못하는 모습을 보였다.

그때 그의 상관이 일을 시켰다.

"박 연구원."

"예? 부장님?"

"이번에 화면의 화질을 높일 수 있는 기술이 필요하니까, 음극선관에 관한 자료와 설계도를 비문 보관실에서 빼오게. 여기 열쇠를 주겠네."

"아, 알겠습니다."

"빨리 다녀와. 시간이 급하니까."

"예! 부장님!"

크게 소리치면서 연구원이 일어났다.

그리고 열쇠를 받고 일반적인 기술 자료보다 더욱 구체적인 자료를 보관하고 있는 비문 보관실로 향했다.

은행의 대형 금고처럼 보이는 비문 보관실의 문을 열면서 연구원이 속으로 쾌재를 불렀다.

　'됐어!'

　안에 자료 원본과 미리 복사된 사본이 잔뜩 있었다.

　그중에 상사가 가져오라고 말한 자료집과 영국인들에게 넘겨 줄 자료집들을 챙겼다.

　문서들을 한 아름 안고 비문실에서 나와 문을 잠갔다.

　그리고 상사에게는 오직 음극선관에 관한 한 부만을 넘겨줬다.

　"여　습니다."

　"그래. 수고했어."

　"……."

　자리로 돌아가서 남은 업무를 봤다.

　퇴근할 때까지 가슴을 졸이면서 시간을 보냈다.

　근무가 끝나자 연구원들과 함께 퇴근하다가 은근슬쩍 발걸음을 늦춰서 비문실이 있는 건물로 향했다.

　연구원은 건물 밖의 쓰레기통에서 보자기를 꺼냈다.

　"후우… 다행이다."

　늦은 밤이 되면 쓰레기를 수거하는 차가 와서 쓰레기통이 비워질 수 있었다.

　그러기 전에 자료들을 구했고 주위를 살피지도 않고 공장부지 밖으로 향했다.

　전에 요원을 만났었던 숙소로 향했다.

그에게 이물질이 묻은 보자기를 풀고 안에 담긴 사본 자료들을 보여줬다.

요원과 레드우드의 임직원이 함께 하고 있었다.

"자료가 맞습니까?"

"맞소. 100퍼센트 만족할 만한 자료는 아니지만 충분히 도움이 되는 자료요. 충분히 값을 치러도 되겠소."

사장의 이야기를 듣고 요원이 고개를 끄덕였다.

그리고 자신들을 도와준 조선인 연구원에게 금괴와 원화가 가득 담긴 가방을 넘겨줬다.

가방을 받고 연구원의 눈동자가 잔뜩 커졌다.

"와!"

"가지고 가시오. 그리고 다음에도 도움이 필요하면 요청하겠소."

"아…알겠소!"

가방을 챙겨들고 방에서 나갔다. 영국 요원은 임무에 성공했다고 생각하면서 레드우드사의 임직원들도 드디어 영국에서도 영출기를 개발할 수 있을 것이라고 생각했다.

모두가 하나같이 들뜬 마음을 드러냈다.

가방을 챙긴 연구원이 숙소 건물에서 나와서 집으로 가려고 했다.

그때 어둠 속에 있던 사람들이 가로등 아래로 모습을 드러내면서 나타났다.

"박기성씨."

“……?”

“박기성씨를 금수기술 유출법 위반에 관한 혐의로 체포하겠습니다. 지금부터 불리한 진술에 묵비권을 행사할 수 있고…….”

“큭!”

“잡아!”

놀란 연구원이 급히 옆쪽으로 달렸고 정보국과 연계한 경찰들이 그를 잡기 위해 사방에서 나타나 뛰기 시작했다.

그리고 빠르게 포위망을 펼쳐서 금괴와 원화가 가득 담긴 가방을 든 연구원을 붙잡았다.

그를 바닥에 짓 눌러놓고 팔을 뒤쪽으로 빼서 수갑을 채웠다.

체포 된 연구원의 머리가 새하얘졌다.

“노…놓아!”

“발버둥치지 마! 팔다리가 부러지기 전에!”

퍽!

“윽……!”

연구원은 곤봉을 맞고 피를 흘렸다. 몸부림치는 범인에 대한 제압 폭력은 얼마든지 허용될 수 있었다.

기술을 유출한 연구원이 체포되는 사이, 레드우드사 임직원들이 묵는 숙소에 몇 대에 이르는 수송차들이 와서 앞에 섰다.

그 차는 모두 삼색으로 녹색으로 도장이 된 군용차들로,

그 위에서 화기로 무장한 병력들이 내렸다.

　그것을 보고 숙소를 지키는 공사관 경호원들이 놀랐다.

　"여기는 대영제국에서 온 조선의 손님들이 묵고 있는……!"

　"길을 열라. 그렇지 않으면 무력으로 제압할 것이다."

　"……?!"

　서슬 퍼런 장교의 경고에 경호원들이 겁에 질려서 뒤로 물러났다.

　소총과 기관총으로 무장한 병력들이 순식간에 숙소를 포위하면서 주위를 어지럽게 만들었다.

　투숙하는 사람들이 소란을 듣고 투숙실에서 나왔고 숙소 안으로 들어온 조선군 장병들은 사람들에게 방에 들어가 있으라면서 혼란을 미리 방지했다.

　장병들이 레드우드사 임직원들을 한 방에 모아 놓고 통제했다.

　잠시 후 차 한 대가 숙소에 도착했다.

　차에서 내린 인물이 수행원들을 데리고 안으로 들어갔다.

　레드우드사의 모든 사람들은 그가 누구인지 알아볼 수 있었다.

　장성호가 눈앞에 있었다.

　'고려 특무대신?!'

　'고려 특무대신이 어째서……?'

장성호를 보는 순간 숨이 턱 막히는 것을 느꼈다.

그들 앞에 있던 장성호가 회심의 미소를 짓고 있었다.

그리고 이내 얼음장 같은 표정을 지으면서 장병들에게 지시했다.

"체포하십시오. 국가 전략 기술을 훔치려던 자들입니다. 이들에게 죄를 엄히 물을 것입니다."

"예! 특무대신!"

소총으로 무장한 장병들에게 붙들린 레드우드 사장이 발악했다.

"이럴 수는 없습니다! 감히 대영제국 국민을 억류하고도 고려가 무사할 줄 압니까? 우리 정부에서 가만히 있지 않을 겁니다!"

그의 외침에 장성호가 앞으로 와서 멱살을 잡았다.

역관의 통역을 제치고 직접 영어로 경고했다.

"함부로 억류라는 단어를 쓰지 마시오. 우리는 그쪽이 벌인 도둑질을 전부 알고 있고 모든 증거도 확보했소. 절대 무고한 자가 아니며, 조선의 법률을 어긴 범죄자일 뿐이오. 그리고 이 일에 영국 정부가 관여했다면 영국 또한 그저 범죄국일 뿐이오. 함부로 억울함을 논하지 마시오."

한 사람에게 장성호의 시선이 향했다. 그는 조선인 하나를 사지로 끌어당긴 자였다.

그 앞으로 장성호가 가서 말했다.

"우리 국민을 죽게 만든 책임을 반드시 지게 만들겠소.

이 일은 반드시 역사에 기록될 거요."

"……!"

요원의 등골이 서늘해졌다.

장성호의 분노가 곧 조선 황제와 백성들의 분노라는 것을 알았다.

영국에 크나큰 일이 닥치리라는 것을 알았다.

장성호의 지시로 죄인들이 압송됐고 그들의 뒷모습이 사라지기까지 그와 수행원들이 지켜봤다.

수행원 중 한명이 장성호에게 물었다.

"이제 영길리와 대결을 벌이는 것입니까?"

그리고 대답을 들었다.

"전쟁을 치르는 거지. 총성 없는 전쟁을 말이야. 반칙을 범하면 어떤 일이 일어나는지 보여 줄 것이네."

경찰이 아닌 군이 투입된 시점에서 의미가 부여되었다.

단순한 범죄인 체포와 처벌 차원을 넘어서서 국가 간의 미래를 건 혈투가 일어나기 시작했다.

작은 빗방울이 대지를 휩쓰는 폭풍이 되고 있었다.

기술 유출은 대역죄와 같다

"영출기 면허 생산을 위해 조선에 온 영길리 레드우드 사 사장과 임직원들이 기술 도둑질을 벌이다가 체포되었 다…? 무슨 일이야, 이거?"

"기술을 훔치려다가 걸린 것 같은데, 그리고 놈들을 도 와준 조선인도 있어."

"박 모 연구원이 레드우드사로부터 10만 을 받고 국가 전략 기술을 유출… 이거 완전히 대역죄인 인데? 엄벌을 취해야 하는 거 아냐?"

"아직은 혐의니까."

"혐의면 죄인이라는 거 아냐?"

"죄인이 아니라 그런 죄를 지은 사람으로 추정되고 의심된다는 거지. 아직 판결이 나지 않았으니 무죄인과 다를바 없어. 하지만 죄인으로 판결이 나면……."

"엄벌을 받게 되겠지."

"최소 20년 형이야. 그리고 군사기술에 쓰이는 기술이면 사형이고. 절대 곱게 끝나지 않을 거야."

"나는 영길리 놈들도 똑같이 처벌되어야 한다고 생각해."

"동감이야."

신문을 통해 영국의 기술 도둑질이 알려졌다.

새소식으로도 방송이 되면서 조선의 모든 백성들은 영국이 벌인 반칙과 그들에게 협조한 연구원에 대해 크게 분노했다.

특히 10만원에 나라를 판 자라고 욕하면서 판결 결과가 나오기를 기다렸다.

그 소식이 세상 반대편에 있는 영국으로도 전해졌다.

레드우드사 임직원들이 체포 된 사실을 듣고 조지 5세가 찻잔을 떨어트렸다.

"지금 뭐라고 했나? 짐의 국민들이 체포돼?"

"예. 폐하……."

"어째서?"

"고려가 모두 알고 있었습니다……."

"뭣이……?"

"우리가 그들의 기술을 탈취하려 했던 것과… 고려인 연구원을 포섭한 것까지… 전부를…….."

"그걸 말이라고……!"

"죄송합니다……."

"지금 당장 고려 정부에 석방을 요구하게! 당장! 동맹 관계를 어필하든, 뒷돈으로 배상금을 지불하든 어떻게든 말이야! 수단과 방법을 가리지 말게!"

"예. 폐하……."

"어떻게 감히… 짐의 국민을……."

대영제국의 기업인이 외국에서 체포됐다.

그것도 기술 탈취를 벌인 죄라는 점이 영국의 명예를 크게 손상시켰다.

반드시 석방이 되어서 그나마 차릴 수 있는 체면이라도 있길 원했다.

영국 외무부에서 공사관을 통해 조선에 석방 요청이 전해졌다.

영국 공사관을 앞에 두고서 민영환이 크게 인상을 썼다.

영국인이 벌인 범죄에 영국 공사관도 연루되어 있었다.

"적반하장이 따로 없군."

"뭐…뭐요?"

"체포 된 용의자들에 대한 처분은 오직 법정에서만 결정될 거요. 그리고 공사에게 혐의가 없다고 생각하지 마시오. 지금 영길리 외교관들이 체포되지 않은 것은 오직 치외법권 때문이오. 혐의가 입증 되면 곧바로 조치를 취할 것이오."

민영환의 경고에 영국 공사가 표정 관리를 못했다.

웃음으로 사태를 무마시키려던 것이 도리어 커졌다.

그가 민영환에게 경고를 전했다.

"만약, 고려가 대역제국의 국위를 손상 시키는 일을 저지른다면, 우리 또한 물러서지 않고 맞설 것이오! 두고 보시오!"

석방에 실패하고 그 보고가 이내 조지 5세에게 전해졌다.

보고를 들은 조지 5세가 노성을 터트렸다.

"짐의 외교관들을 상대로 조치를 취하겠단 말인가?!"

"혐의가 입증될 경우에 말입니다."

"그것이 그 말이지 않는가?! 놈들을 보건대 반드시 처벌하려 들 것이네! 그 일만큼은 반드시 막아야 하네! 이제는 예전처럼 조선을 칠 수도 없어!"

80년 전에 있었던 아편 전쟁을 기억했다.

청나라를 상대로 전쟁을 치러서 승리했던 것과 다르게 조선을 상대로는 전쟁을 치를 수 없었다.

이미 조선의 국력이 우위에 있었고 명분 또한 확고하게 있었다.

영국의 외교력이 궁지에 몰려 있는 순간이었다.

그때 외무부의 보고가 급히 총리인 로에게 전해졌다.

보고를 받고 로가 인상을 굳혔다.

"폐하…….."

"뭔가……?"

"고려에서 증거가 공개되었다고 합니다… 법정에서 외국 공사관들에게 공개되었습니다."

"……!"

패전하는 것보다 겪기 싫은 일이 벌어졌다.

로의 보고에 조지 5세의 눈동자가 심하게 흔들렸다.

목덜미에 얼음주머니가 채워진 것처럼 한없는 싸늘함이 그의 이성을 마비시켰다.

＊　＊　＊

레드우드사의 임직원들과 조선인 피고가 수의복을 입고 함께 피고석에 앉아 있었다.

그들 앞에서 영사기가 작동되고 하얀 그들이 죄를 짓는 순간이 하얀 천 위에서 낱낱이 공개됐다.

금성전자 공장의 야외 휴게소에서, 레드우드사 직원들이 묵었던 숙소와 그들이 공사관 직원들을 만나고 기술 탈취에 대해서 이야기하는 모든 것이 영상으로 공개되었다.

그리고 피고 박기성이 금괴와 원화 현찰을 담긴 가방을 들고 숙소에서 나오는 것까지 공개되었다.

그것을 보고 박기성의 심장이 미친 듯이 뛰었다.

그의 유일한 가족인 어머니는 더 이상 재판관에게 자식을 용서해 달라고 말할 수 없었다.

그만큼 자식의 죄가 너무나 명백했다. 허탈함과 절망에 그 자리에서 주저앉아 버렸다.

그런 어머니를 보면서 박기성은 부모를 욕 되게 보였다는 생각에 견딜 수가 없었다.

함께 공판을 방청하던 삼국 외교관들과 해외 기자들이 생각하고 있었다.

'대체 이런 증거들을 어떻게 모은 거야……?'

'이 정도로 증거가 나왔으니 처벌하긴 해야 하는데…….'

'과연 고려가 영국인들을 처벌할 수 있을까?'

영국은 전통의 강국이었다. 그리고 조선의 주요 동맹국이기도 했다.

삼국의 외교관들과 기자들은 영국인 피고들의 운명에 대해서 감히 짐작하지 못했다.

석방이냐, 처벌이냐를 두고 추측하다가 영국과 조선 사이에서 충돌이 일어날 수도 있다고 생각하기도 했다.

그렇게 며칠 더 공판을 지켜봤다.

박기성에 대한 판결부터 내려졌다.

재판관이 판결문을 읽었다.

"피고 박기성은 영길리의 레드우드사로부터 원화 금 10만원을 뇌물로 받고 의회에서 금수 지정이 된 국가 전략 기술을 유출했기에 그 혐의가 유죄로 입증 된 바, 피고의 죄를 엄히 물을 수밖에 없다. 또한 피고가 유출한 금수 기술은 군수 기술로도 쓰이는 바, 국방에 심대한 악영향을 끼칠 수밖에 없기에 전시 반역죄와 동등한 죄로 여겨질 수밖에 없다. 하여 재판관은 검사 구형을 따라 사형을 선고하는 바다!"

"재판관님! 재판관님……!"

"교도관은 속히 죄인을 압송하십시오."

"아아……!"

박기성이 울부짖었으나 재판관은 차가운 시선으로 그를 쳐다봤다.

방청석에 앉은 조선인들은 하나같이 합당한 판결이 내려졌다고 여기면서 주먹을 불끈 쥐었다.

앞으로 그것이 본보기가 되어 나라를 배신하는 자들이 나타나지 않기를 원했다.

박기성이 끌려 나가자 자식을 지켜보던 어미가 주저앉았다.

하지만 어느 누구도 그녀를 챙기거나 위로하지 않았다.

그녀는 자식의 잘못으로 인한 피해자 중 한 사람이었다.

그렇게 박기성은 어머니에게 돌이킬 수 없는 불효를 저지르고 법정에서 사라졌다.

그의 어머니는 교도관의 도움을 받으면서 밖으로 나갔다.

이어 영국인들에게도 판결이 내려졌다.

재판관의 판결을 역관이 통역해주었다.

"피고 스콧 터너, 론 스티븐슨, 제이슨 웨인 및 3인은 국가 전략 기술을 탈취한 혐의가 유죄로 입증되었기에, 피고를 엄중히 처벌할 수밖에 없다. 그러나 피고는 영길리 국민이라는 신분과 나라의 지시를 따라야 하는 의무가 있고, 조선을 반역한 것으로 간주할 수 없기에, 재판관은 피고 론 스티븐슨을 제외한 5명의 피고에게 가석방이 없는 20년 형을 선고한다. 또한 피고 론 스티븐슨은 영길리 정보부의 요원으로 대조선제국 인민을 중죄인으로 만들었기에 그 책임을 물어 사형을 선고한다."

판결을 듣고 조선 백성들이 웅성거리면서 한탄했다.

"아니, 우리 쪽은 사형이고 영길리 놈들은 어째서 20년 형이래?"

"아무리 조선을 반역한 것이 아니라지만 어떻게……."

영국인에 대한 사형 판결에 삼국 공관원들과 기자들이 놀랐다.

'영국인에게 사형이라니……?!'

'고려는 일을 이렇게 크게 벌이고도 두렵지 않단 말인가?!'

피고석에 있던 레드우드 사장이 크게 소리쳤다.

"사형이라니?! 그리고 20년 형이라니?! 대영제국 정부에서 가만히 있지 않을 것이다! 대가를 치르게 될 거야!"

스콧 터너라는 이름을 지닌 레드우드사 사장이 노성을
터트렸다.

그와 20년 형을 받은 임직원들은 인상을 쓰면서 재판관
과 방청석에 앉은 사람들을 노려보고 교도관들에게 압송
됐다.

사형 판결을 받은 요원은 자신이 죽을 것이라는 생각에
벌벌 떨었다.

새소식과 신문을 통해서 조선 백성들에게 알려졌다.

"사형 판결이야! 영길리 상인으로부터 뇌물을 받고 기술
유출을 시킨 범인이 사형 판결을 받았어!"

"대역죄인 인데 그 정도 판결은 나와야지!"

"이제 억만금을 받아도 함부로 기술 유출을 벌이지 못할
거야!"

기술 유출을 벌인 이의 말로가 세상에 공개됐다.

그는 곧 백성들에게 경각심을 깨우는 본보기가 됐고 백
성들은 정말로 금수 기술을 유출 시키면 죽게 된다는 것을
알게 됐다.

또한 외국 회사에 영입 되어 금수 지정된 기술을 가르쳐
줄 경우 그것 또한 기술 유출이 된다는 것을 알았다.

즉, 뇌물을 받아서 금수 기술을 유출하든, 영입되어서 기
술을 알려주든, 똑같이 징역 20년 이상에 최고 사형이었
다.

오직 국회의 동의를 통해서만 해당 기술을 수출하고 이

전할 수 있었다.

　기술 탈취를 벌였던 요원이 사형 판결을 받았다는 소식이 영국에 전해졌다.

　소식을 들은 조지 5세가 크게 놀랐다.

　"사…사형이라고?"

　"예. 폐하……."

　"어떻게 짐의 국민을…! 집행일은 언제인가?!"

　"아직 두번의 재판이 더 남아 있습니다."

　"두번이나 남았다고……?"

　"예. 폐하… 일단은 항소할 겁니다. 그리고 최종 집행은 앞으로 두번의 판결 후에 이뤄집니다."

　사형 판결을 내린 조선 사법부에 개탄했다.

　마음을 조금 진정시키고 조지 5세가 로에게 말했다.

　"반드시 막아야 하네… 당근을 제시해서라도 사형을 막아! 섬 하나라도 주면서 말이야! 놈들이 절대 대영제국 첩보원을 죽이는 일이 없도록 해야 하네!"

　"예! 폐하……!"

　세상 어떤 나라도 영국 정부의 사람을 죽일 수 없었다.

　그것은 영국의 국력과 국위를 증명하는 것이었다.

　오직 조선만이 죄 지은 영국 첩보원을 공개 처벌할 수 있었다.

　그것은 영국이 직면하는 새로운 경험이었다.

　두번의 재판이 남은 가운데 영국 공사가 이희를 알현하

기를 원했다.

그리고 알현을 허락 받고 그가 근정전에서 이희를 만났다.

정전 양편으로 김인석과 장성호, 유성혁, 민영환이 선 가운데, 황제 용상 위에 이희가 근엄하게 앉아 있었다.

그의 복식은 서양식 정복이 아닌 황룡포였다. 그것이 뜻하는 많은 의미가 있었다.

긴장 속에서 영국 공사가 이희에게 허리를 굽혔다.

"짐을 알현하고 싶다고 했는가?"

"예. 폐하."

"무엇 때문에 짐을 알현하길 원했는가?"

역관을 통해 이희가 물었고 영국 공사가 대답했다.

"이번에 고려 사법부에서 처벌 판결을 받은 우리 국민들에 대한 사면을 간청 드리기 위함입니다. 부디 아량을 베풀어 주시고 함께 피 흘리며 싸웠던 지난날을 기억해주십시오. 우리는 조선의 소중한 동맹국으로 있길 원합니다."

영국 공사의 요청에 이희가 미소를 잠깐 드러냈다가 지웠다.

그리고 진중한 표정으로 물었다.

"로마에 가면 로마법을 따르라는 것은 아는가?"

"압니다."

"조선에서는 국회에서 금수 기술을 지정하고, 국회의 허가나 짐의 윤허 없이 절대 기술을 수출하거나 이전 할 수 없다. 이를 어겼을 시 징역 20년 이상의 처벌을 받고 군수 용도로 쓰이는 기술을 유출하게 될 경우 사형 판결을 받게 되는 것을 알고 있는가?"

"아…알고 있습니다……."

"허면, 이번에 처벌 판결을 받은 죄인들은 그런 죄를 짓지 않았는가?"

"……."

"영길리 공사가 생각하기에 이에 대해서 어떻게 생각하는가?"

그의 물음에 영국 공사가 쉽게 대답하지 못했다.

한참을 가만히 서 있다가 고개를 숙이면서 이희에게 다시 간청을 올렸다.

"우리 국민이 벌인 잘못을 인정합니다. 비록 그들 마음대로 저지른 짓이지만 정부의 잘못으로 여기겠습니다. 부디 사면해 주십시오. 그렇게 해주시면 대영제국이 지배하고 있는 영토 일부를 할양하겠습니다."

영토를 할양하겠다는 말에 정전 안에 있던 모든 사람들이 눈을 키웠다.

이희를 바라보면서 황제가 하는 이야기를 주목했다.

"영토를 할양하겠다고?"

"예. 폐하……."

"어떤 영토를 말인가?"

조금 관심을 보이는 이희에게 영국 공사가 대답했다.

"나우루입니다. 나우루 섬을 조선에 할양하겠습니다."

"나우루 섬?"

"예. 폐하."

대답을 듣고 이희가 장성호를 쳐다봤다. 그리고 나우루가 어떤 섬인지를 들었다.

"적도 부근 태평양에 위치한 섬입니다. 섬의 크기는 작지만 상당한 광물이 매장된 섬입니다."

"어떤 광물이 말인가?"

"인광석입니다. 비료와 화약에 쓰이는 광물입니다. 그러나 나우루 외에 다른 곳에서 얼마든지 인광석을 캐거나 만들 수 있습니다."

나우루에 대한 대답을 듣고 이희가 고개를 끄덕였다.

직후 공사가 말한 부분에 대해서 이야기했다.

"영길리 국민이 벌인 잘못이라고 했다. 그렇다면 영길리 정부와 관계되지 않는다는 이야기인가?"

"예. 폐하."

"이미 영길리 공사관이 연루되어 있는 것으로 아는데, 무슨 뜻인가?"

"제가 독단적으로 벌인 일입니다."

"무어라?"

"나날이 발전하는 고려를 보았고 우리가 가지지 못한 기술을 보유하고 키워나가는 것이 부럽고 탐이 났습니다. 특히 영출기는 자존감 높은 대영제국 국민인 제게도 놀라운 기물이었습니다. 그것으로 막대한 국부를 이뤄나가는 고려가 부러웠습니다. 우리도 영출기를 만들고 고려처럼 수출하고 싶었습니다. 그 모든 것이 저의 욕심으로 인한 일입니다. 레드우드사의 사장을 꼬드기고 첩보원을 심은 것도 저입니다. 부디 영국 정부를 대표하는 저를 용서하여 주십시오."

모든 비난을 안고자 했다. 그리고 그는 조선이 자신을 처벌할 수 없다고 생각했다.

전에 민영환이 했던 말을 기억했다.

각 나라 외교관은 살인과 같은 인륜 배반 범죄를 저지르지 않는 이상 절대 주재하고 있는 나라로부터 체포되지 않고 처벌되지 않도록 되어 있었다.

조선의 외교관을 건드릴 수 없듯이 자신 또한 체포하고 처벌할 수 없을 것이라고 생각했다.

그런 판단으로 두려움을 지우고 당당히 말했다.

그가 펼친 논리의 빈틈을 이희가 파고들었다.

영국 공사의 논리로 인해 죄인들과 영국 정부의 연관성이 단절됐다.

"영길리 공사의 말대로 생각하자면 죄인들은 영길리 정부의 지시를 받고 벌인 일이 아니게 되는 것인가?"

"제가 벌인 잘못입니다."

"그렇다면 짐이 영길리 공사에게 묻는다. 사형 판결을 받은 간자 외에 나머지 죄인들은 하나 같이 징역 20년 형으로 판결을 받았다. 무려 군수 기술에 관련 된 금수 기술을 탈취했는데 말이다. 못해도 무기징역 판결을 받아야 하는데 20년 형을 받은 이유를 알고 있는가?"

"그것은……."

"그들이 영길리 정부의 지시를 받았기 때문이다. 나라의 지시를 따른 것에 대해선 우리 법으로 법적인 책임을 물을 순 있어도 도의적인 책임을 물을 수 없기 때문이다. 그리고 영길리는 조선의 혈맹이다. 그 점을 감안해서 레드우드 사 임직원들이 20년 징역형으로 끝난 것이다. 그러나 그대의 말대로 공사 독단으로 벌인 일이라면 말 그대로 사익을 위해 두 나라 외교 관계를 파탄으로 내 몬 것이다. 이것은 훨씬 더 중죄로 여겨질 터. 이에 대해 공사는 어떻게 생각하는가?"

"그…그것은……."

이희의 물음에 영국 공사의 말문이 막혔다.

그의 대답을 기다리다가 이희가 언성을 높이면서 먼저 말했다.

영국의 기만이 읽히고 있었다.

"어디 감히 짐을 상대로 거짓을 말하며 능멸하려 드는가? 이 일이 영길리 정부와 왕실에서 벌인 짓이라는 것을 이미 짐은 모든 것을 알고 있다!"

"……?!"

"돌아가라! 짐은 절대 죄인들에 대한 형벌과 다른 어떤 것을 바꾸지 않을 것이다! 일벌백계로 조선의 미래를 반드시 지킬 것이다!"

몸을 낮추고 당근을 제시해서 조선 황제를 잘 구슬리려고 했다.

그랬던 영국 정부와 공사의 의도는 완전히 실패했다.

공사관으로 돌아온 영국 공사가 본국에 보고했다.

보고를 들은 조지 5세는 기막힌 표정을 지었다.

조선이 원하는 것을 그때서야 제대로 알게 됐다.

"본보기라니! 감히 짐의 대영제국을 상대로 본보기를 보이겠다는 것인가?! 어떻게 짐의 제국이 이런 취급을 당하게 되었단 말인가…?! 아아……!"

분해서 눈물이 날 지경이었다.

조지 5세가 기억하는 어렸을 때의 조선은 그야말로 세계의 극빈국이었고 잔인하기 그지없는 미개한 나라였다.

그런 나라가 도리를 말하고 영국을 국력으로 찍어 누르고 있었다.

그리고 이제는 영국이 결정하는 것이 아니라 조선이 결정하는 입장이 되어 있었다.

영국의 남은 자존심마저도 무너지고 있는 것을 느꼈다.

그러나 조지 5세와 영국 정부에서 할 수 있는 것은 아무 것도 없었다.

정부의 지시가 있었다고 말할 수도, 없었다고 말할 수도 없었다.

그저 시간이 흐르면서 현실을 받아들이는 수밖에 없었다.

두달 후에 로가 조지 5세에게 찾아와서 보고했다.

"고려에서… 마지막 3심에서도 사형 판결이 내려졌습니다… 바로 형 집행이 이루어졌기에 지금은…….

"…….

"죄송합니다. 폐하…….

어떤 말로도 그 참담함을 표현할 수 없었다.

영국 국왕과 정치가들의 욕심으로 아까운 두 사람의 목숨이 형장의 이슬로 사라졌다.

그리고 레드우드사의 임직원들은 조선에서 재판을 받고 20년에 이르는 징역을 살아야 했다.

영국의 어떠한 노력도 그들을 구할 수 없었다.

심지어 광석이 풍부한 영토를 주겠다는 제안도 통하지 않았다.

허탈감이 국왕 집무실 안을 가득 채울 때였다.

영국 외무부에서 급히 보고가 전해졌다.

집무실로 온 비서의 보고를 듣고 로가 인상을 잔뜩 찌푸리게 됐다.

그 모습을 보고 조지 5세가 물었다.

"또 무슨 일인가……?"

핏발 선 눈으로 노려보면서 물었다. 그리고 로가 울상을 지으면서 대답했다.

"고려가… 우리 외교관들을 추방시켰다고 합니다. 우리 정부를 상대로 비난 공문을 발송했습니다……."

영국이 수세에 몰리고 있었다.

그 일은 영국이 유니온기를 달고 대양을 누비기 시작한 지 처음 있는 일이었다.

세상이 조선의 위엄에 경악하고 있었다.

영국에 대한 조선의 응징은 이제 막이 오른 참이었다.

〈다음 권에 계속〉